我喜欢你，在时光里

林婉婷 著

汕头大学出版社

图书在版编目（CIP）数据

我喜欢你，在时光里 / 林婉婷著. -- 汕头：汕头大学出版社，2019.3
　ISBN 978-7-5658-3920-7

Ⅰ.①我… Ⅱ.①林… Ⅲ.①故事－作品集－中国－当代 Ⅳ.①I247.81

中国版本图书馆 CIP 数据核字 (2019) 第 064684 号

我喜欢你，在时光里
WOXIHUAN NI,ZAI SHIGUANG LI

著　　者：	林婉婷
责任编辑：	宋倩倩
责任技编：	黄东生
封面设计：	末末美书
出版发行：	汕头大学出版社
	广东省汕头市大学路243号汕头大学校园内　　邮政编码：515063
电　　话：	0754-82904613
印　　刷：	三河市金轩印务有限公司
开　　本：	880mm×1230mm　1/32
印　　张：	6.75
字　　数：	140千字
版　　次：	2019年3月第1版
印　　次：	2019年5月第1次印刷
定　　价：	36.00元

ISBN 978-7-5658-3920-7

版权所有，侵权必究
如发现印装质量问题，请与承印厂联系退换

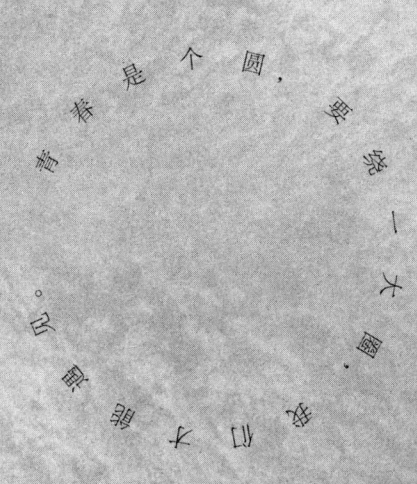

青春是个圆,要绕一大圈,我们才遇见自己。

序

1.

十七八岁的女孩,单纯美好,少女心一碰就要溢出来。

当我十七八岁的时候,却没有太大的勇气拥抱少女心。敏感充斥着整个青春期。

朋友对我讲得最多的一句话就是:"林婉婷你都不知道你当时有多叛逆。"

我始终装得云淡风轻。

在我的记忆里,称得上叛逆的,也不过是冠冕堂皇地请一个病假,躲在房间里写稿子。其余那些恋爱、反驳校长、偷偷吸烟、破坏课堂纪律、逃课等"不良行为",不过是青春的烙印。

太懂事的青春才算叛逆。法律以内,何来劣迹。

但此风不能长,祖国的花朵未来都是江湖好汉,千万学不得我。

2.

年岁越增长,越愿意去抓住那些烂漫到极致的粉色心情。只不过当我回过头,认真去看这些十七八岁书写过的痕迹,难免心疼。

哪有什么天赋呢,那就是个被生活撞击得多愁善感的少女。

我曾喜欢上一个男孩,整整三年。

距离很近时,我写下《布拉格的花是世上最美的童话》《我最想环游的世界就是你》;渐行渐远时,又写下《你终会在爱而不得中长大》《夕阳伴我等着他》。

平淡的日子里,忽然撞见生命中的坎,于是写下《我们可不可以不勇敢》,借着少女心绪,跟跄跄度过濒临崩溃的时光。

那些或雀跃或沮丧的心情已不见许久,可是一读起来,还是能够照见当时的心境和书写场景,嘴角的弧度和眼里的赤诚。

那些年,愁思难断怨洒愁,拨荫见日闯九洲。

如今,风中吹来往事怅,门前扫过几度秋。

3.

我不爱吃巧克力。

可是因为觉得喜欢的人会喜欢,还是二话不说,打包了一堆巧克力,寄到对方宿舍。

收到一句"谢谢",心想倒也好,如此浪漫的食物,总算有人替我喜欢。

陈奕迅唱过"得不到的永远在骚动"。岂止骚动,我们还擅长在幻想里风起云涌。

倘若与过去重逢，只道各自珍重，不枉同窗一场。

2017年，忘了是可以坦荡荡做出告别的第几个年头。

不在乎的记忆，才变得模糊。

我喜欢你，在时光里。

真好。

再无波澜。

4.

我以为过去总会悄然过去。

可见上天待我不薄，这一场见字如面的告别之旅，比眼睁睁任往事淡于生命，来得更有仪式感。

我应该谢谢十七八岁的自己。

如果不是那个心思细腻、有时梨花带雨又总笑得肆无惮忌的女孩，那些青春期的小心思和小情绪，不会在今日得到庄重后的安息。

稚嫩也好，天真也罢。这字字珠玑，于我是那样真实和感性。

如果你曾在杂志上看过《布拉格的花是世上最美的童话》，还记得林熙朗对许星晴说过的话吗？

"如果我是你男朋友，一定不让你沾半滴酒。"

我依然不胜酒力，半杯即倒。可在后来的生命里，没有林熙朗也没有赵子逸。

5.

2016年的春节,我失去了此生挚爱,无力回天。

2017年的春节,我在即将歇业的旅人咖啡馆里,高举红酒杯,晃着深红液体一杯接着一杯,笑得花枝乱颤,直到子时来临,友人劝归。

出了咖啡馆,一下瘫软在朋友的背上,泪如泉涌。

那一夜,我追着月亮仿佛即将赴往生命的尽头。

在我的前面有一座山,山上住着僧尼,无一百姓。

众生孤寂。

时光一去不复返。

我闭上双眼,以为见到了时光本君。

目
录

第一章　初恋悄悄植入心骨

青春是个圈，要绕一大圈，我们才能遇见。
——题记

002　布拉格的花是世上最美的童话
远方和你，皆如泡沫。爱本是泡沫，是一刹的花火。

021　我们可不可以不勇敢
他希望成为我一辈子的债主，这样我欠他的，就可以慢慢还。世上无人能对心事说谎，我其实，没那么勇敢。

041　你终会在爱而不得中长大
在这盛大世间，爱而不得的感情有许多，但不尽是令人遗憾的事儿。它也教人成长。

第二章　回忆甜似桃，暖如歌

你徒步而行，翻山越岭，终于听见我说，我喜欢你。
——题记

064　我最想环游的世界就是你

遇见你之前，我总梦想骑着"奔腾"环游世界，但这一刻，我终于能够大声地说，我最想环游的世界，就是你。

083　骑着芭提雅象去流浪

为了坚定地去承认喜欢一个人的感觉，等多些时日，又何尝不值得。呐，听说一起骑过芭提雅象的人，最终都会幸福的。

101　辛德瑞拉不落泪

他多么希望时光是一只配有黑板擦的粉笔，把她过往的无尽心酸都擦得一干二净。

第三章　等待是沉默的告白

时光记得那句，没有关系，我等你。
——题记

118　夕阳伴我等着他

如果彩霞会说话，请你替我告诉他，不要忘了快回家，我在等，等着他。

122　冬梅至爱，初秋摩西

只愿你能够一直相信，所有你现在看似不可能的东西，时间都会将它变成可能。譬如放下，重生。

142　盼有骄阳劝人愈

电影《肖恩克的救赎》里有句话说："所有令我们难过的事情，有一天，我们一定会笑着说出来。"

第四章　离别哼出了泪光

那不是我，我不是我。转身一走余生你已不见我。
——题记

164　秋风吹来往事怅

美国的国庆节是我的生日，这天夜里，我听着出租车上传来电台里异域人们的欢呼声，默默流下了眼泪。往事不要再提，人生已多风雨。

183　余生你已不见我

老一辈的人说感情是可以培养的，但我恰恰忽略了一件事情，感情能不能够培养，也要看对方愿不愿意。不管我多喜欢他，他始终不爱我。

第一章

初恋悄悄植入心骨

青春是个圆,
要绕一大圈,
我们才能遇见。

—— 题记

远方和你,皆如泡沫。
爱本是泡沫,是一刹的花火。

布拉格的花是世上最美的童话

1.
当时的你还只是我心里一个雄伟的身影

那天放学回家,我刚走进小巷便看见年轻邮递员的脚踏车停在我家门前,他从车上的墨绿布袋里翻出一样东西,夹在我家的门缝里,然后吹着口哨离开。

我小心翼翼地抽出那张卡片状的东西,发现是一张明信片。

上面古老的城堡,密密麻麻的红房子,清新美丽的小花园,都是我从未见过的。

我很好奇,这个美如童话的地方,藏在世界的哪一个角落里?

明信片正面的收件人是"林熙朗",寄信人是"Frank"。

我莫名有股失落感,收信地址不是我家,而是前一条巷子里的某户人家。

我还未放下书包就去敲你家的门,喊着你的名字。

你突然从二楼探出了半边身子问:"谁在叫我?"

然后你便咚咚咚地跑了下来,用奇怪的眼神看着我。

我突然想起曾见过你,在学校的篮球场上,我替我们班的男生加油打气,你毫不客气地抢过我们班篮球打得最厉害的男生手里的球,投了一个三分球,让冠军突然间没了悬念。我还情不自禁"哇"了一声,心中难掩对你的敬佩之情。你根本不知道,那次比赛与你交过手的男生是我的男朋友,他在垂头丧气之时突然看到我赞叹的嘴型,狠狠地瞪了我一眼,我们还因此小吵过一架。

真不知道他吃什么醋,你我素不相识,我亦不是易犯花痴的女生,我有一个个性阳刚且相貌堂堂的男朋友,何必费心去和那群为你递毛巾、矿泉水的女孩们争抢。

我拿着明信片在你面前晃了晃:"你的明信片被寄到我家了。"

你眼睛一亮,一把夺过明信片端详了一会儿,然后不顾我在一旁,对着里面的红房子亲了又亲。

我从未见你如此开心,就算是篮球赛夺冠,你也没有表现得这么得意忘形。

我越来越好奇,仰着脑袋问你:"这明信片是从哪里寄来的?"

你一兴奋即将我们之间的生疏抛之脑后,咧开嘴笑着说:"捷克的首都，布拉格。"

那时候我真羡慕你，在捷克都有朋友，想必你的英文一定顶呱呱，可当我问起明信片上寄信的地址时，你竟歪着脑袋说："我也看不懂。"

我以为你在逗我，你却一脸无辜："这是捷克语。"

那一瞬间我真想逃之夭夭，这么多年因为英文太烂闹过不少笑话，这却是最丢人的一次。

后来你笑着解释，因为你的朋友是美国人，看不懂捷克语，可能也不知道怎么把他的具体地址翻译成英文，所以照抄地址时写出来的感觉还是像英文。

我把你的话在脑海中捋了一遍，终于彻悟，再一次佩服你的聪明。

我听我妈说，你们是刚搬进来的，我们算是新邻居了吧，我突然燃起了私心，想看看你是怎么练球的，然后把你的独门绝技透露给我男朋友。

我坐在我的男朋友赵子逸的摩托车后座上告诉他我对你的图谋不轨时，他只是淡淡地"哦"了一声。

我戴着他给我买的粉色头盔，一手抱着他的腰，一手拿着他的黑色头盔，只感觉两边的风刮得愈加猛烈，桥那边的大教堂离我们越来越远。

赵子逸在一阵奔驰过后把车停在了江边，他接过我手里的黑色头盔，一下子套在自己的头上，等待我把手机递过去。

赵子逸不喜欢戴头盔,他喜欢耍帅。他不怕狂风吹乱他的发型,却怕头盔压扁了它。其实我也不喜欢戴,每一次都是被赵子逸强行戴上去的,他说我长得漂亮,戴什么都好看。

他只在两种情况下肯戴头盔:一是被交警警告的时候;二是我想拍情侣照的时候。

我和赵子逸一人一顶头盔,两个大脑袋撞在一起,照片里的人儿只看得见眼鼻,但丝毫不妨碍我们传达甜蜜幸福的心情。

这就是我喜欢他的原因。他始终坚持他的习惯,但只要是我喜欢做的事情,无论多么幼稚荒诞,他都愿意无条件陪我傻干到底。

2.
就算世上无童话,我也想去看看布拉格的花

自从高一赵子逸把我追到手之后,我从前的追求者再见到我时都不愿意跟我打招呼,自恋的赵子逸声称他们都有自知之明,没人敢拿自己跟他攀比。谁都忘不了曾经有人自认为车技高向他提出挑战,最终却以落后他半公里车程的成绩惨败的事情。

前车可鉴,足以衬托你有多么自信大胆。

虽然我知道查出业余赛车手兼校篮球队主力赵子逸的女朋友叫什么一点也不难,可我还是在听见你喊出我名字的那一刻吃了一惊。

究竟是什么力量驱使接下来的你大步流星地走到我身边，还敢一脸轻松地笑着对我男朋友说："赵子逸，借你女朋友一会儿。"

你把你的那辆红色山地车停放在操场边，然后光明正大地把一张照片塞到我手里，短短数秒我却紧张得就像第一次收到定情信物。你告诉我，因为那天看到我也很喜欢布拉格，于是特地在网上联系你的那位朋友，让他把亲手拍的照片发给你，你把它洗出来，送给了我。

你骑着你的山地车吹着口哨离开时的模样真是像极了那位送错明信片的邮递员，一样无忧无虑，一样对犯下的错毫不知情。

你几乎是不费吹灰之力地踩到了我男朋友的地雷。赵子逸不是小气的男生，但他是个爱面子的人，你当着那么多人以及他的面送我礼物，明摆着不给他台阶下，他当场把那张照片扔在地上，还用眼神命令我不能去捡。

我从来没有公开和他吵过架，可眼看着他把你送给我的照片扔了，我气得说不出话来，捡起地上的照片扭头就跑。

每一次你出现，乱了分寸的人总不止我一个，还有赵子逸。我在微凉的月夜里问他："你怎么了？"

他把我的手紧紧握在他的手中："许星晴，你的身边除了我，从来没有别的男生出现过。"

我从未看见过他这番不自信的模样。他各方面都很优秀，只有你战胜过他。我知道他所指的"别的男生"是你，很奇怪，明明我们之间真的没什么，但我却有些心虚。

我们每次吵完架都会很快和好，这次也不例外，更何况你送我的仅仅是一张照片，真的代表不了什么。消气后的赵子逸还指着你送我的照片问我："你喜欢这儿？"

我点点头，每个女孩都曾向往过童话王国。

但我没有想到赵子逸会摇摇头说："这都是旅行社骗人的把戏，世界上哪有什么童话。"

他从不过问我的心事，所以也就不会知道，就算世上无童话，我也想去看看布拉格的花。

我还是想找个机会谢谢你的用心。在巷子里撞见你的时候你正一个人在练球，终于被我逮到你练球的大好时机了，我却突然间失去了背叛你而讨好赵子逸的兴趣。

你把篮球投向那面斑驳的墙壁后它被弹了出去，正好向我滚来，我敏捷地接过篮球，冲你微微一笑："嘿。"

你迅速跑向我，眉尖紧蹙，一副"摊上大事儿了"的表情："差点砸到你！"

我把篮球扔回你怀里，在原地转了一个圈，你终于露出清朗的笑容："身手够敏捷的啊，男朋友不愧是校队的。"

我扯开话题言归正传："谢谢你的照片。"

你笑得像个天真的孩子："区区小事"，然后忽然想起什么似的，认真地问我，"朋友让我暑假去捷克，怎么样，你有没有兴趣和我一起领略布拉格的美？"

"真的可以赏花赏月赏城堡吗！"我瞬间激动得就快要跳起来了。

你的样子实在酷毙了，许久之后我都难以忘记。当时你怀抱篮球，满怀希望地对着天空回答："一切皆有可能。"

我仿佛看到一缕阳光从你的背后冉冉升起。

我们坐在两块凹凸不平的大石头上聊天，你许是从同学们的口中听过太多谣言，眯着眼睛开始打量我："赵子逸追你真的花了半年时间？"

我当下其实很想双手叉腰质问你，半年算什么！我看起来很容易追吗！可你并不容我解释，猛地靠近我："不过，倒是真的挺美。"

赞美的话我听过很多遍，但能够打动我的只有两个人，一个是赵子逸，另一个便是你。

在你打听到我和赵子逸的事情之前，我已经知道了你的感情世界还只是一张白纸。

我曾背着赵子逸暗地里揣测你约我一起旅行的动机，又忍不住暗笑处在我这个年纪的女孩总爱胡思乱想。

可当想到你突然凑到我跟前的画面，仍然会有无数朵红扑扑的祥云悄悄爬上我的脸。

3.
我并没有那么娇柔矜贵

后来年级举行英语口语比赛,赵子逸得了全年级第一,而你的成绩竟然落后他十几名。

我在黄昏的小巷里对垂头丧气的你打趣道:"轻轻地,我男朋友把你比了下去,然后我轻轻地来。"

显然这次失利对你的打击不小,你看都不看我一眼,只是不停地转动你手里的篮球。

我多想告诉你,赵子逸的英语成绩佼佼并非靠运气,而是多亏他前女友曾给予他动力。

赵子逸的前女友是他爸爸生意伙伴的女儿,一个美丽的英国女孩。他爸爸的企业发展到了国外,因此和外国人常有生意往来,偶然遇见那个女孩后,赵子逸立志苦练英语,只为了能够和她顺利沟通。后来他们刚在一起不久,他们的爸爸之间出现了利益纠纷,合作关系随之断绝,就连女孩也跟着她爸爸离开了。

我并非有意火上浇油,见你仍不肯搭理我,我夺过你手中的篮球,转身就溜。

你回过神来,这才想起追我,不过恶有恶报,我不小心在小巷旁边的工地上摔了一跤,地上锋利尖锐的石头割破了我的膝盖,刹那间血流不止。

这下可好，我不仅在你脸上看不到喜悦的表情，还害你手足无措地为我担心。

我并没有那么娇柔矜贵，皮开肉绽的画面在我身上已经不是第一次出现。

有一天夜里，赵子逸载我去海边兜风，当他把车子开向沙滩的时候，车轮被沙滩上的石头和贝壳磨得嘶嘶响，急速刹车后的摩托车在它们的阻击下倒向了地面，发出尖锐的声音。

那天晚上我们都没有戴头盔，所幸赵子逸只是手上受了点皮外伤，而我却磕破了头。我在医院里缝了几针，赵子逸把自己骂得狗血淋头，自那之后，我每次上车前他所做的第一件事，就是检查我有没有把头盔戴好。

只是伤了膝盖，我勉强还能站起来，拍拍屁股，依然走得了路，只是连我自己也料想得到画面有多么不堪入目，一个双膝淌血的少女，在风中艰难地行走着，身旁少年翩翩，见证了她最难堪窘迫的时刻。

类似于偶像剧中男主奋不顾身把受伤的女主背起后直奔医院的情节只在赵子逸和我身上发生过，他才是我男朋友，你完全没有对我负责到底的义务，所以我并没有寄希望于你。

只是你比我想象中还要冷漠，二话不说撒腿就跑。我很纳闷，又不是你害我受伤，我并不打算把罪名赖在你身上。

两分钟后你骑着你那辆耀眼的红色山地车出现在我面前，歪着脖子冲我喊："快上来！"

我心想你是不是吓懵了，哪有车后座啊？

见我迟疑，你拍了拍车前的横杆继续催促："许星晴你不疼吗？上来啊我带你去擦药！"

那是我第一次坐在自行车的横杆上被人载着，往左一看就能看到你的下巴，处在青春期的你长了一点点胡渣，车子一晃，它们就会刺到我的额头，有点痒。

我想当年龄相仿的少男少女们看到这一幕，一定会觉得很浪漫吧？我为了配合路人们羡慕的目光，脸上一直挂着笑容，尽管硬邦邦的横杆把我的屁股咯得生疼，我一路都不敢吭声。

你载我回你家，你爸妈都不在，你扶我坐在沙发上，然后从房间里取出一个医药箱，用棉签帮我轻轻地擦药，接着又帮我包扎伤口，动作异常娴熟，我忍不住问你："你爸爸是医生吗？"

你忍俊不禁道："我是驴友，这种最起码的自救方式还是会的。"

你在我心目中的形象一下子高大了起来，我开始想象你背着包，骑着一辆红色山地车行驶在旅途中的模样。

噢，那一定很帅。

几个钟头之后我准时去和赵子逸约会，三月的天气阴晴不定，路上行人乱穿衣。这两天天气就热得反常，我原本已经翻出了清凉的短裤碎花衣裳，但由于膝盖受伤不敢暴露，又换成了飘逸的长裙。

赵子逸很喜欢看我穿着长裙站在昏黄的路灯下等他的模样，

他第一次见到我这样穿的时候，坐在摩托车上发呆了很久，然后扑哧一声笑得鬼鬼祟祟，我跳上车抱着他，下巴搁在他的右肩上问："在打什么鬼主意？"

他瞧了瞧我的姿势，立马扯开话题："许星晴，穿着那么美的长裙这么坐，你难道不觉得害羞吗？"

我这才注意到赵子逸的脸唰一下红了，旋即拍拍他的背，不顾形象地嚷嚷："爱管闲事！司机，走着！"

所幸赵子逸的目光还像当初一样被我美美的着装吸引，全然不知我的膝盖受伤的事情。但那点伤丝毫不影响我的兴致，他带我去吃露天烧烤，我们在被烟火熏得灰蒙蒙的天空下干了几杯啤酒，几杯下来，他丝毫不见异样，我却感觉脸颊灼热，已经微醺醺的了。

他把我送回家，一脸的不放心，甚至想冒死送我到家门口，被我以一个告别式的拥抱拒绝了。

夜里的小巷也有别样的美景，在黄色灯光的照射以及酒精的熏陶下我忍不住想即兴赋诗一首，在我刚准备咏出第一句时你便出现了，靠着墙，抬头闭着眼，倘若被不认识的人看见，一定以为你是个疯子。

待我走近才发现，你的手上拿着一瓶红膏药。

我拍拍你的肩膀："喂，这么晚了还不回家睡觉，在这里干嘛？"

你睁开眼，嗅出了空气中的酒味，挑着眉毛问我："喝酒了？"

我点点头,你二话不说把红膏药塞到我手里,转身走开,边走边小声嘟囔,我听不太清,但还是听到了一句:"如果我是你男朋友,一定不让你沾半滴酒。"

4.

我们兜兜转转,始终没有离开过这座繁华得有些枯燥的城市

有天我听你们班的人说,你突然请假,去了鼓浪屿。

每天放学回家,我都会看见那辆红色山地车安安静静地停放在你家门前,看起来难免有些孤单。

半个月前,我顺着红色山地车滚动的轮子看见了来到香樟树下的你,还有早已等候在那里的赵子逸。

在此之前,赵子逸从没与我说过要约你见面,我们唯一一次谈及你,是你送给我照片,但那已成旧事,我不知道还有什么会把你们两个牵扯到一起。

我没有过问你们之间谈了些什么,不是我不在意,而是以为赵子逸会对我说。

那天晚上回到家便听妈妈在和邻居大婶拉着家常,偶然一句"前面那个新搬来不久的孩子又要去旅行了"引起了我的注意。

翌日见到你是在体育课上,我正做着扭腰动作,一回头便看见你从教学楼走出来,手里拿着一张出入证,背着书包风尘仆仆

地走出校门。

那天赵子逸突然问我:"林熙朗是不是对你有兴趣?"

我无言以对,这个问题他应该去问你,但我立马想到了你们一同站在香樟树下,你云淡风轻的表情和他严肃的表情。

我怀疑地看着他,难以想象从前处世不惊的他会因为你而乱了阵脚,问出令我尴尬的问题。

我没有直接回答他的问题,而是摇摇头,不以为然地说:"我以为你足够了解我。"

赵子逸的眼忽然像是被蒙上一层雾霾,"你怎知我不够了解你?"

那一刻我想,完蛋了,你禁不住旅行的诱惑,他如果能够以此把你支开也就成了理所当然的事情。

我当初会看上赵子逸,某种程度上说是因为他的聪明,但我知道如今他会耍这样的小伎俩,不为别的,恰恰只因,他深深地喜欢着我。所以我没有拆穿他。

晚上赵子逸载我去兜风,手机突然在我的口袋里响个不停,我拿出一看,是个陌生号码发来许多条彩信。

好美丽的巷子,我忍不住一张张往下翻,最后看见了阳光下咧开嘴唇笑得满面春风的你。

我真觉得自己不知羞耻,明明抱着赵子逸,却心潮澎湃地欣赏着你的照片。

我真羡慕你,说去哪儿就去哪儿,不像我,虽然赵子逸上哪儿都把我拽去，但我们兜兜转转，始终没有离开过这座繁华的城市。

车子毫无预兆地停了下来，我来不及关掉屏幕，赵子逸已对上面的内容一览无遗。他嘴角的笑容瞬间消失，问我："你跟他关系很好？"

我想都没想地回答："朋友。"

一有男生靠近我，他的脾气就会变得很臭，这回他没有选择相信我，反而质问："难道我天天陪你还比不上一个只会送你破相片的人吗？！"

我气得眼泪都快掉了下来，"在你眼里那只是一张破相片，但那是我的梦想！我喜欢那儿你知道吗？！我喜欢！"

说完我便跑开了，赵子逸愣在原地，眼睁睁看着我跑上一辆公交车离开。

夜里的公交车上人很少，我坐在车里，眼泪噼里啪啦往下掉，我吸了吸鼻子，开始给你打电话。

我本想向你倾诉，在听见你温柔地叫出我的名字的下一刻却忍不住问你："林熙朗，你在哪儿？……"

5.

这个笨蛋，世界上哪有黑色的星星？

也许是被我的哭腔吓到，你在回答"鼓浪屿啊"之后突然变得沉默，我抽泣着听着你的鼻息，顿了顿，你问我："怎么了？"

我马上想起来，一定是赵子逸把你支到鼓浪屿去了。我想见你，又实在想不出充分的理由，只好硬着头皮撒了个谎："林熙朗，我的伤口严重发炎了，你马上回来。"

心虚的我说完立刻挂了线，咬着嘴唇纠结着你会不会听我的话，但再也哭不出来，心想既然赵子逸爱吃醋就由他去吧，至少因了你，我还有一份期待。

那天我拉开公交车窗，任凭风呼啸着灌进车来，不仅毫无诗意，还嗅到了一股热辣的气息。那一刻，还真的有点想你。

你说回来就回来了，从厦门到家乡只有几个小时飞机，晚霞刚刚降临，我面前便出现了一只行李箱，还有那双熟悉的鞋。

我坐在小巷里的大石头上，一抬头就能看见你的笑脸，再也没有比这更幸福的事儿了，我终于等到了你。

像是有一种默契在我们身上悄然存在着，我们只是相视而笑，并没有多聊其他。你看着我相安无事的膝盖，敲了敲我的脑袋。当然，一点儿也不疼。

你从箱子里翻出了许多贝壳，是从鼓浪屿捡来的，你把它们捧在手心里，让我闻闻大海的气息。

我看着你，方才的委屈和不安瞬间消失殆尽。

你把那些贝壳全送给了我，我找来一根细长的红线，把它们串起来，挂在窗台上，一有风吹过它们便摇摇晃晃，似乎又回到了海底世界。

旁边的墙上还贴着赵子逸给我买的创意贴纸，黑色的单车被四周黑色的星星们团团围住，我忽然感觉比起你，赵子逸显得那么愚钝，这个笨蛋，世界上哪有黑色的星星？买到这么"二"的礼物，他居然还有脸吃你的醋！

那一晚，我就是在这样矛盾愤懑的情绪中睡下的。没有赵子逸的"晚安"，却有你送的贝壳作伴。

在学校里，我不可避免地撞见了与我冷战中的赵子逸。他正抱着一颗篮球向操场走去，穿着他们班的标志性球衣，9号是他的号码，我很喜欢的一个数字。可惜在这之后我看见了你，穿着我更喜欢的7号球衣。

刚刚旅行回来的你似乎迫不及待要与赵子逸来一场生死搏斗，目不转睛地盯着径直从我身边绕过的赵子逸，在你回头冲我露出富有搞怪韵味的一笑之后与赵子逸击了一掌，每当这种时刻，体肤间的交集总是隐约透着一股火药味。

这显然是操场四周看客们眼中的第一个高潮点，尖叫声和起哄声旋即灌入双耳。

场中央的你们对这场面早已习以为常，纷纷在深呼吸后投入了备战状态。

一声尖锐的哨响过后你和赵子逸跑遍大半个操场争夺篮球，赵子逸冷不防耍出新花样，成功把球从你的手中"骗"过来，他向来善用拖延战术，不投入三分，他绝不懈怠。

比赛进行到白热化阶段，你和赵子逸所代表班级的比分拉到仅有五分之差,眼看着桂冠就要诞生,裁判一声令下,紧张兮兮的球员们松散筋骨,进入了休息时间。

我握着一瓶矿泉水,平常它只为赵子逸准备,而此时我却不知道要递给谁。

我假装无所事事地看着走动中的人群,眼角余光却未从赵子逸身上移开过。他习惯性地朝我走来,又突然改变了方向。

我正急着看他会走向哪里,你的身影却突然挡住我的视线。

你拿起我手里的矿泉水一饮而尽,看你的样子实在很渴,我也毫不生气,当重新寻找赵子逸的踪影时,我这才发现,他正望向我们这边。

旋即,我别过脸看着你,这样也好,一瓶矿泉水的主人只有一个,他不要,它便跟了别人。

矿泉水不比人,人可以等,它却不会。

6.
你本是泡沫,是一刹的花火

开赛后的你显然更加卖力,最后冲刺的机会,每个人都绷紧了神经。

只是眨了眨眼睛,你便夺走了对方的球,巧妙地避开每个人的追击,即使赵子逸奋起直追,还是夺不回来。

你争分夺秒，几乎使尽浑身解数扣篮，三连扣！一下拉近了分数，我还来不及为你的争气欢呼，身边一跃而起的女同学的叫声已经差点震破我的耳膜。

时间仅剩下 30 秒，仅有两分之差也好，也不至于输得太惨。从前我跟赵子逸说出这种见解的时候，总会被他嘲笑此乃"妇人之见"。男生可以在很多方面表现得十分大方，唯独类似篮球这种象征着男人之间的战役，你们比谁都认真。

你亦不肯认输，根本不打算放过这最后的 30 秒，尽管脸涨得通红，仍然咬紧牙根死死地守住球，用了一招"调虎离山"之计，又赢得一分！

最终你还是输给了赵子逸，但和从前一样，你还是没有表现出太大的失落感，反而冲他释然一笑。

尔后你又朝我挥挥手，示意我过去。

就算脸上写满一百个不情愿，我还是给足了你面子。不料你全然不顾赵子逸正站在身边，俯身在我耳边，说了一句悄悄话。

我不经意间看见了赵子逸脸上的表情，他眉尖微蹙地盯着我，眼看着又要醋意大发，很奇怪，我却突然觉得，他还蛮可爱。

后来的周末清晨，你突然出现，向我告别。

你如愿以偿，要出发去布拉格了。我多么羡慕，那也是我的梦想啊。

赵子逸在你离开后曾经问我,那次班赛后,你对我说了什么?

我神秘一笑："秘密。"

我当然不会告诉赵子逸，我已经知道了，那些你特地捡来送给我的贝壳，其实是赵子逸亲自去捡的。他其实发自内心地欣赏你，还将他爸爸送给他的唯一一张飞往厦门的机票给了你，他不打算孑然一身离开，如果我去不了，他宁可将机票当作玫瑰，赠予你。

当看到我冲着鼓浪屿的照片笑的时候，他才知道，我也很喜欢那儿。我们吵架之后，他央求他爸爸再给他买张机票，他知道，能够赎罪的，只有他的诚意。

我还收到了你从布拉格寄来的明信片，原来不是我在做白日梦，布拉格的花真的是世上最美的童话。

如你，曾在某一刹那，美丽了我的爱情。

他希望成为我一辈子的债主,这样我欠他的,就可以慢慢还。
世上无人能对心事说谎,我其实,没那么勇敢。

我们可不可以不勇敢

1.
你似从天而降,在我的生命里闪亮登场

被他撞到的时候我正在麦当劳擦窗户,帽子掉了,我好不容易绑得干净利落的头发旋即散落开来。

我抬眼看着这来路不明却有着一张俊朗面孔的人,习惯性地吐了个泡泡,爆了,然后闻了闻披散在肩上的长发,回答了他在道歉过后问的那个"你用的是什么洗发水?味道怎这么刺鼻"的问题:"挺香的啊。"

刚一开口他便把鼻子紧紧捏住,仿佛面前站着的是史上第一臭人。

"哇塞，原来你在嚼口香糖，薄荷味儿的？最受不了这刺激味儿了！"

就像喜爱榴莲的人永远为它痴狂，厌恶榴莲的人却感觉它奇臭难闻一样，我对着自己的手心哈了口气，吸回来，接着摇摇头，"不会啊！"

然后他便溜了。

我在麦当劳店总管的监视下继续擦窗户，视线有意无意地落在窗外熙熙攘攘的人群中，但已见不到他。

身边不知何时出现了一个学生模样的男生，指着他溜走的方向气喘吁吁地喊："李垣君你别跑啊！快把信还我！"

我如梦初醒，原来是李垣君啊。真是好奇怪的一个人，难怪学校里关于他的传闻不断。大家都说，三年级的李垣君爱极了跑酷，总是来无影去无踪。

亲眼所见，果真如此。

周末麦当劳的客流量如恒河沙数，礼拜一一到，我早已是腰酸背疼。

我如往常一样坐在座位上享受着美女同桌佳婷给予的特殊待遇——捶背，她还偷偷塞了一盒黄色的盒状东西到我手里，"喏，我奶奶说腰酸背疼就擦这个，很好用。"

佳婷一直这样关心我，她三番两次劝我辞了在麦当劳的兼职却都被我云淡风轻的笑容打败，我很清楚自己在做什么，如果有得选，谁不想专心致志地读书，努力考个好大学去看看外面的世界？

可是每个人的生命中都会有许多让人无可奈何的东西，必须靠自己来维持生计就是我迫不得已，却也别无选择的事情。

佳婷有时会面无表情地看着我发上好一阵呆，我在她眼前挥了挥手，她又会用一副悲天悯人的口气问我："林渺渺，知不知道你苍白的脸蛋看起来像是日子过得有多惨？"

我惨吗？每次经过繁华地段看见那一个个衣衫褴褛或生病或孤苦无依的老人和幼儿时我总会掏出一块钱放进他们的碗里，身上若是没零钱就把准备搭公交的两个钢镚儿扔进去，当在街上看见背着LV包的女人跟路边的乞丐争论他把她的高跟鞋弄脏了该赔多少钱的时候，我也想过这个问题。

事实上我觉得没钱的人很惨，有钱人更惨。

我过得不苦也不轻松，平常兼职赚的钱不多但足以维持生活，消费水平一般，日子平平淡淡也算是种很大的幸福。我惨吗？真的一点儿也不。

2.
远方有我最热烈的向往

世界上嗜赌毒成性、嗜烟酒成瘾的人有许多，我从不让自己有机会养成这些坏习性,但我也没有想到,在超市里见到电视上绿箭口香糖的广告之后,我会从此对口香糖上瘾。

那天晚上我和佳婷在那家超市里偶遇,她说当时的我像个傻子似的站在电视机下面,对着不断重播的广告发呆,待她走近的时候,才发现我的眼里有泪光在闪烁。

我笑着不肯承认,拼命解释是因为觉得广告里的女主角很漂亮,看到失神所以眼睛疲劳。

我不知道佳婷信不信,只是那天过后,每次出门我都会捎上一根绿箭口香糖。后来绿箭的广告换了,我不再局限于买这个牌子,偶尔也会选择益达。

我已经习惯每隔几天就逛一下超市,买买新鲜的水果,在结账的时候顺便买一瓶摆在柜台架子上的口香糖。

某天我一如往常准备去拿柜台架子上薄荷味的益达时,旁边忽然有人伸手和我拿了同一瓶。

明明是我先拿到的啊。我不满地回头,想看看是什么人这么蛮不讲理,却发现这双手的主人竟是李垣君。

他抢在我质问他之前说:"你叫林渺渺对吧?还记得我吗?那天在麦当劳不小心撞到你的那个,我们是同学,我叫李垣君,这瓶益达我送你,就当陪个不是吧。"

我愣愣地看着他自作主张帮我结了账,又擅自帮我提东西,费了好大劲才回过神来问他:"你认识我吗?我不认识你啊。"

李垣君一脸轻松地说:"你那天的工作牌上写着名字呢,话说回来，我对你也算是未闻其人先闻其名吧，我们班有人给你写了情书。"

我恍然大悟，原来前两天收到的匿名情书的主人是他们班的啊。信里说，他对我一见钟情，觉得我是他的理想情人，还知道我在麦当劳做了份兼职工作。

这情书别提让我多煎熬了，它害我这几天在工作的时候常常感到浑身不自在，好像角落里总有一双眼睛在注视着自己。

我假装满不在乎地说："哦，是有那么回事，不过偷偷告诉你个秘密，其实我不喜欢男生。"为了不让自己笑出来，我掏出益达，扔了两颗在嘴里，不停地嚼啊嚼。

李垣君一定是被我吓坏了，他在我到家之前，一路上都没再出声。

我一溜烟跑回了家，刚一进门便看见年老体弱的奶奶正佝偻着腰对着话筒"咿咿呀呀"地讲话，我赶紧跑了过去，问她："是不是爸爸？"

奶奶一边点头一边把话筒递给我，我在听见电话那头熟悉的声音的下一刻莫名有些激动，"爸，是我，嗯，刚刚买水果去了，我很好，奶奶也好，那边一切还顺利吗？那就好，嗯，晚安。"

每次听见我爸的声音我总会有种泫然欲泣之感，但在奶奶的面前始终没敢掉下眼泪。奶奶早年曾突发心肌梗塞，自那之后口齿变得不清，已经不太能像正常人一样讲话，父母不在身边，一直都是我在照顾她。

我不能让她看见我哭,我怕她也会哭,听说老人的眼泪很珍贵,不能随随便便落泪,不然会很伤元气。

我又往嘴里扔了两颗口香糖,不停地嚼啊嚼。只有这样才不会被奶奶察觉,彼时我嘴唇颤抖,几欲落泪。

3.
你可以自由来去,我却只想守在这里,等待他的归期

我在麦当劳的厨房里装薯条的时候店总管把我喊了出去,她指着一张张堆满垃圾的桌子说:"那,那,那,你都给我收拾干净了,还没走的客人桌子上的垃圾也顺便收拾一下。"

我只好拎着垃圾桶走到客人的旁边,时刻保持笑容可掬:"请问这些我先帮你们清理掉可以吗?"

一个长相甜美的女生朝我微笑着点头,一双原本搭在她肩上的手突然缩了回去,我看了看坐在她身旁的人,觉得有点熟悉,忽然想起来,他不是那天对李垣君穷追不舍的男生吗?

不经意间发现,李垣君正坐在他的对面目不转睛地看着我,神情忧伤得仿佛我清理掉的不是垃圾而是他心爱的玩具。

我怔怔地问:"这些……你还想要?"

李垣君瞬间面如死灰,我只好乖乖住嘴,讪讪地走人。刚一转身就撞到了一个穿裙子的女生,她"哎呀"一声后一边揉着胸口一边抱怨:"难得来看你,你竟如此对我!"

我一听声音便知是佳婷！她一见我便跑上来将我紧紧抱住。

我无意中瞥见李垣君，他的眼神里带了些诧异，眉尖微微蹙了蹙，很快又若无其事地别过脸去同他的朋友们聊天。

我想到那天对李垣君撒过的谎，赶紧把佳婷搭在我脖子上的手拿下来，咧开嘴说想吃什么，我帮你点。

下班的时候已经是午夜12点，我换下工作服，套上自己宽松的外套，踩着昨天洗得干干净净的白色帆布鞋走到候车站边等待107路车。

午夜时分的车站人很少，一辆公交车停了又走之后就只剩下我和另外一个男生。他坐在椅子上，两条腿占足了整张椅子导致我根本没地方坐，可他丝毫没有注意到身边有一个累得连站都成了煎熬的女生。他戴着帽子，把衣服上的拉链拉到尽头又拉下来，就这样一遍一遍地重复着。

我正想这人怎么这么无聊，耳边忽然传来一个悠悠的声音："林渺渺，怎么那么晚才下班啊？"

在原地转了一圈之后我想声音应该是出自椅子上的男生没错，尽管心里有些害怕，我还是鼓起勇气走到他身边。他把帽子摘了下来，居然是李垣君，我第一次觉得他的阴魂不散此时并不让人讨厌。

李垣君把他捂在运动服里的一罐咖啡递给我，小声嘟囔："一开始还是热的……"

我朝他抿抿嘴，将咖啡接过手后发现还是很暖和的。忍不住吸了吸鼻子。

我有多久没见到我爸，就有多久没喝过咖啡了。

我爸在出车祸之前曾给我买了一整罐白咖啡，我看书的时候偶尔会犯困，撑不住又不能睡觉的时候只好偷偷喝了他的咖啡，被他发现后他特地跑去买了一罐新的给我。

后来那一场飞来横祸让我顷刻间对整个世界感到万念俱灰，当我看见我爸在手术台上备受煎熬却仍咬紧牙根硬撑到底时，哭泣早已不足以宣泄我所有的痛苦情绪。当听到医生把他从死神的手中夺回来的消息时我整个人瘫软在了病房外面的地上。那是我这辈子第一次喜极而泣，并且是歇斯底里。

虽然我爸的命保住了，但他的伤势还是很严重，把我爸害成这样的出租车司机倾其大半家产让我爸得到最有效的治疗，本地的医学技术落后，他便把我爸接到外地的医院，妈妈一同跟了去，医生说我爸的情况不太乐观，从治疗到恢复需要很长一段时间。我和他南北一别，已是一年多。

其实我多么羡慕李垣君可以自由来去，我却只能守在这里，等待他的归期。

见我怔在原地，李垣君二话不说便拉着我坐下，"别太感动了，快趁热喝吧。"

我埋头喝着咖啡，嘴角泛起了淡淡的笑容。

上了107路车之后李垣君和我并肩坐着，我望着车窗外昏黄的路灯，他望着我，沉默了好长一段时间才告诉我，刚刚和他在一起的男生就是给我写情书的那一个,他说你能不能给个说法?你置之不理的态度已经给了我的朋友不小的打击,我和他从小玩到大,从没见过他这么随便就交了新女朋友,我想过了,你说你不喜欢男生,那也不能怪你,但就算是拒绝,也请你给我朋友一个清楚的交代吧。

我才知道原来他在车站等了我那么长时间,完全是为了他的朋友。

口中的咖啡滋味顿时变得愈加苦涩,我把头靠在座位上,闭起眼睛:"你让我回家考虑考虑怎么跟他说好吗?今晚太累了,我现在不想说话。"

4.
我们可不可以不勇敢

那天晚上我确实很累,后来在公交车上迷迷糊糊睡着了,路上醒来一次,听见李垣君在我身边自言自语:"咦?怎么掉东西了?"然后是瓶盖转动的声音,伴随着扑鼻而来的薄荷香味。

我想起跟李垣君第一次见面的时候,他说他最受不了薄荷味的。但我没有睁开双眼,只听他又悄声说:"来,嚼两粒,对牙齿好。"

我悄悄睁开一只眼睛,看见他正捏着鼻子把我的益达递到司机老王的小女儿面前。

　　这辆107路车我已经坐过许多回，跟老王甚是熟悉，他和他老婆南下打工多年，老婆在厂里当工人，没时间照顾孩子，他便把他的小女儿带在身边边工作边照顾。

　　突然发现，李垣君也是个有爱心的有为青年。

　　回到家后我没有马上睡觉，而是用了大半夜的时间给他的朋友回信。我没有延续那个谎言，直言告诉他，我从来不信一见钟情会有好结果，况且，我不喜欢你。

　　停笔那一刻竟有些心虚，忍不住扪心自问，难道真的不相信一见钟情吗？但我望着台灯下那一罐空咖啡，不敢再想下去。

　　在我托李垣君把信交给他朋友的那天中午，他气喘吁吁地跑来食堂找我："我朋友他，他跟那个女孩子分手了。"

　　我刚舀进嘴里一半的粥又吐了出来，睁大了眼睛，用负荆请罪般的口气问："需要我去安慰他吗？"

　　李垣君冲我爽朗一笑，摆摆手说不用，过两天就好了，然后在我面前坐下继续说，他的朋友是不会看上那个女孩子的，纯粹是因为一时冲动才会接受她的表白，现在知道快刀斩乱麻倒也不是坏事。

　　我闷闷地"哦"了一声，再没有说话。

　　李垣君顿了顿，试探性地问我："其实你并不是不喜欢男生的，对吧？"

　　我正埋头喝着粥，听见这句话时抬头看了他一眼，心虚地笑了笑，又低下了头。

　　他大概已经把我的沉默当成回答，不再追问。中午的食堂人山人海，排队买饭的同学接踵而至，李垣君盯着一个个经过的同学托盘上丰盛的饭菜，回头看了看我这一碗咸菜清粥，一对浓浓的眉毛旋即凑到了一起："这吃得饱吗？"

　　我一边喝粥一边含糊不清地回答："当然啦，我胃小嘛。"李垣君将信将疑地盯着我看，我嬉皮笑脸地躲避了过去，心里头却在为明天需要上缴的学习资料费烦恼。

　　晚上下班的时候，我找店总管询问能不能预支工资。她没直接拒绝我，而是细声细气地告诉我："我们是有签合同的，那里面条约都写得明明白白，姐姐不是不想帮你，而是我们做什么事都得按正常程序来，难道不是么？"

　　她是个24岁的女人，年纪轻轻就当了总管，自有一番算计本事，我自知尘世淡漠，便不再央求，转身推门离开。

　　107路车里空荡荡的，乘客只有我一个，我屈膝坐着，好久都没说话。车开到途中时，老王试图打开话匣子："今天我老婆放假，带着女儿去游乐场玩了一天，女儿不在，耳根倒真是清静了不少呢。"

　　我看了看前面的老王，会心一笑，我知道，他其实很想快些回家见到妻女，车里实在安静得无聊。我也有同感，于是问他："能打开收音机听听么？"老王应允了。

　　午夜的收音机里播着音乐，我把头埋进膝盖里，闭上眼睛。

整台车里响彻着范玮琪纯净的声音。

"我们可不可以不勇敢／当伤太重心太酸无力承担／就算现在女人很流行释然／好像什么困境都知道该怎么办／我们可不可以不勇敢／当爱太累梦太乱没有答案……"

我本想在车里睡上一觉，听到这里的时候毫无预兆就哭了出来。

车突然停下又继续前行，我还沉浸在歌声里，刹那间听见有人在喊我的姓名。我抬起头来，泪眼模糊地看着不知何时已站在了我身旁的人，心里猛然一震。

见到他之后，我开口的第一句话便是："李垣君，我该怎么办……"

5.
心里有朵翻腾的浪花

后来我已经不省人事，醒来的时候眼前是一大片的白，白花花的床单，我穿着白花花的衣裳。李垣君坐在我旁边，双手撑着额头脸朝下，不知道有没有睡着。

我环顾四周，发现手上被扎了针，正在打吊瓶。

难道我哭晕了过去？忽然间悔恨不已，上医院不知又要花掉多少钱。

我试图坐起来的时候不小心吵醒了李垣君，他马上站起来，把枕头垫在我身后扶我坐好。我看着这张近在咫尺的面孔，顿时心里泛起层层涟漪。

他却一张嘴就不停地数落我："医生说你营养不良血压太低，哎，21世纪居然还有人营养不良……你对得起祖国的小康目标吗？"

我恍然大悟，难怪今晚在工作的时候一直有眩晕感。我咬着嘴唇不知道怎么回答他，索性沉默。

他的眼神忽然变得柔软，不再数落，只是一直看着我。

我问他有没有手机，他旋即从身上掏出一只触屏机递给我，我笨到连怎么开机都不懂，被他趁机嘲笑了一番。

我怕奶奶担心，又撒了一个谎。我说我得加班到凌晨了，让她先睡。

接连两瓶点滴打完已是凌晨6点钟，医生说他帮我打的只是营养液，要出院他可以开个方子给我。眼看着李垣君就要跟着医生去拿药方，我赶紧穿好鞋说"不用了，我去"。

一张单子上密密麻麻全是医生潦草的字迹，我扫了一遍，看到了总价是"480"。他正准备向我介绍这些药的作用，我一下打住："医生，请问有最便宜的吗？"

医生抬头看了我一眼，沉思片刻后说："那就生脉饮吧，小药房一盒10块钱。"我说了声"谢谢"便回去找李垣君，没想到他已经帮我把医药费都付了。

我问他:"你哪来的钱?"

他神秘一笑:"我有私人金库。"

我的耳边忽然余音缭绕,脑子开始变得错乱,于是竟厚着脸皮问他:"那你能借我 1000 块吗?"

李垣君有些发愣,顿了顿问:"学习资料费?"

我无比诚恳地与他对视,点点头。对不起,我再没有别人可求了。

李垣君蓦然牵起我的手往外走:"走吧,我们去银行取钱。"

一路上李垣君的表情依然十分轻松,我总是时不时地偷偷看他一眼,还是没有发现异样。从 ATM 机里取出 1000 块钱后李垣君把钱塞进我的手里,神情变得很温和,"拿去交学习资料费吧,别再哭了。"

我有些意外,他竟一下洞悉我的全部。

我把钱紧紧拽在手里,讪讪地说:"以后我再还你好吧……"

李垣君斜着眼睛瞟了我一眼,"就凭你在麦当劳那份兼职啊?恐怕时间有点长。"

我发誓,在他鄙视完我的那一刻我真的有想把钱摔在他身上的冲动,难道债主都应该是这么嚣张的吗?

我把头埋得低低的,不让他看见我因为羞愧而涨红了的脸,他却兀自拉着我的手往外走:"不过我愿意等。"

于是方才的冲动很快被一朵翻腾的浪花湮灭。

6.
我带你一起飞翔

因为向麦当劳店总管申请每晚多工作1小时的原因,我在课上打瞌睡的次数明显增长,甚至发展到了能够趴在桌上睡整一节课的地步。

佳婷见我最近精神状态不好,想起我随身携带的口香糖,摸摸我两边的裤袋都找不着,不禁满脸疑惑:"你的精神支柱呢?"

我眯起一双带着深深的黑眼圈的眼睛倒在桌上又昏昏欲睡,无意中看见从教室外面经过的李垣君,便指着他告诉佳婷:"我要存钱还给他,暂时不能买口香糖了。"

佳婷顺着我的手指望去,由远及近,看着方才窗外陌生的身影慢慢走到自己的身边,瞬间觉悟。她一定是在想我什么时候摊上了这么一个帅哥债主。

其实我也这么觉得,他有浓浓的眉毛,炯亮的眼睛,刀削般的面部轮廓,很好看啊,真的很好看……

我差一点就睡了过去,直到李垣君拿着一盒炫迈口香糖在我眼前晃呀晃,一股沁人心脾的薄荷香味阵阵传来,我才骤然间清醒。

我和李垣君站在走廊上聊天,他说他在学校的小卖部里找不到益达,恰好看见薄荷味的炫迈,便买来给我。

无功不受禄,我问他:"有何企图?"

他竟贼贼地冲我笑:"真瞒不过你,其实也没什么……就是想请你吃饭。"

我?学校里女生那么多,漂亮讨喜的亦是数不胜数,为什么偏偏请我吃饭?

我正踌躇不定,李垣君脸色一变,改用霸道的语气命令道:"看看你把自己折腾成什么样子了,整个一竹竿,不想被风一吹立马就倒的话,放学乖乖在这等我!"然后转身跑开,在墙上翻了个前空翻便直接跳下旁边的楼梯,在周围同学们的惊叹声中不见了踪影。

传闻中的跑酷牛人啊,这是我头一回见识到了李垣君的本领,发现的确酷劲十足。转身想走进教室却被半路杀出的佳婷挡住,她挑了挑眉毛,一脸八卦:"原来他就是李垣君啊,你跟他很熟吗?你们什么时候认识的?哇,他好厉害啊!"

在我从前的生活中,向来不曾有过优越感,家境条件、学业成绩都没什么突出的地方值得我炫耀,但在这一刻我突然发现,认识李垣君,竟然是件令人骄傲的事情。

放学后李垣君把我带到 家鸡煲店里,向我透露这是他青睐已久的宝地。服务员端上来一大锅鸡汤,汤面还荡漾着厚厚的油脂,李垣君拿起汤勺舀了一勺,满满的全是肥嫩的鸡肉。

这里不像学校的食堂,汤里永远只能看见一点肉渣。我抱着一碗香喷喷的鸡汤开始大快朵颐,李垣君笑着说你慢点吃,但他不知道为了省钱，我连早饭都省略了。

他知道我的家里还有一位老人，还帮我打包了一份让我孝敬一下老人家。奶奶跟着我们过着清贫的生活，的确也没享受过什么，这回我没跟他客气。

回家的路上李垣君一直蹦蹦跳跳的，经过一棵大树时猛地一跃就跳了上去，倏地又落在我身旁，他看上去心情很好，我问他："你为什么喜欢跑酷啊？"

"因为我不认为我是在跑。"他毫不犹豫地回答，望着无垠夜空继续道，"我是在飞翔。"

尽管一时半会没能明白他的意思，但我还是被他笃定的语气震慑到。

在我还在回味他的话时他忽然问我："林渺渺，你有想过自由自在地飞翔吗？"

自由自在地飞翔？我当然想过。没有人知道我多么想要飞向天空，飞越海岸，飞到另一个有着七彩霓虹和张灯小船的地方，飞到爸爸妈妈的身旁。

但我摇摇头："李垣君，我无法飞翔，无法像你一样自由自在地飞翔。"

站在昏黄的灯光下，李垣君盯着我看了好久好久，在他叹了口气说"林渺渺，告诉我你为什么一直这么拼"之后。

我也不知道自己哪里来那么强烈的倾诉欲望，把发生在我身上的遭遇和盘托出。在我讲出这些事情的过程中，李垣君的表情或惊讶或严肃，但他的视线一直没有从我身上移开过。

后来李垣君的眼睛里渐渐被蒙上一层雾气，我释然一笑："现在你知道我无法飞翔的原因了吧？我有我的责任，对家庭的责任。"

我以为他脸上淡淡的忧伤会持续好一阵，他却恍然之间绽开眉眼，不由分说拉起我就开始跑，不停地往前跑。

后来他如是告诉我：我们不是在跑。

我带你一起飞翔。

7.
也许我们都会欢喜一场

我没有想到会在麦当劳里再次碰见李垣君，更没有想到他既不是来吃东西也不是来找我的，他是来当服务员的！

店总管把我叫了去，拍拍李垣君的肩膀说："林渺渺，你在这儿干的时间也比较长了，教教这位新来的员工吧。"

我把他带到厨房里，趁着没其他人在的时候打了他一下，他疼得叫出了声，我赶紧捂住他的嘴巴不让他惊动别人："你来干什么？兼职一点儿也不好玩儿。"

"我来挣钱啊，你管我呢！"李垣君掰开我的手装起了薯条。

我不可置信："你不是有'私人金库'吗？要那么多钱去干

什么?"

"那些是爸妈给的,我要自己挣。"

我被他气得半死,倒不是怕喜欢上蹿下跳的他会在这里惹麻烦,而是这份兼职实在很辛苦。

李垣君抬头看着涨红着脸的我,一副妥协的模样。

"好了好了,别生气。"

我咬了咬嘴唇,不说话。

"其实我就是想跟你在一起,林渺渺。"

我听得一愣一愣的,心想李垣君一定是被刺激到了,他一定是听完我的遭遇后开始可怜我。可我从没想过要他可怜!

之前的我从没有想过,会对一个人一见钟情。

那天傍晚在麦当劳里见到不小心撞到我的李垣君的那一刻,我才明白怦然情动的感觉有多奇妙。他的气宇轩昂让我想到了爸爸。在他溜走之后我曾想,不知道他会不会如父亲一般地宠爱一个人呢?

这个问题在他等我下班的那天晚上有了答案。我捧着那罐温暖的咖啡,心潮澎湃。

他能让我失落整夜,在我快要撑不下去的时候,他的关心让我得到安慰,从此我觉得咸菜清粥是世界上最美味的一道菜。在我失去飞翔的勇气时他竟肯带我一起飞。

我从不敢言爱,害怕把无辜的人拖累。但是现在,我更怕他用这种方式来对待我。

可怜不是爱。

"林渺渺,你可不可以别继续佯装勇敢?我为什么要那么晚等你下班?我为什么亲手在咖啡杯下手绘图案给你?我为什么约你吃饭?我为什么在听完你的遭遇后,心里有很疼很疼的感觉?!"

我彻底怔住,不敢动弹。

"因为我喜欢你啊!"

我坐在台灯下面,拿起咖啡杯,把它翻转过来,发现了一幅画。

一个小女孩站在电视机下面,对着屏幕发呆。屏幕上画了一对紧紧相拥的父女,旁边用小字写着"绿箭"。

原来早在李垣君的朋友喜欢上我之前,他已经开始默默关注我。

后来他的朋友又找到了新女朋友,但他的眼里依然只有我。

他希望成为我一辈子的债主,这样我欠他的,就可以慢慢还。

世上无人能对心事说谎,我其实,没那么勇敢。

不知道当爸爸知道从此有个人像他对我一样对我好时,会不会欢喜一场呢。

在这盛大世间,爱而不得的感情有许多,
但不尽是令人遗憾的事儿。它也教人成长。

你终会在爱而不得中长大

1.
嗤之以鼻是泣数行下的原因

许邯谦竟然当着他们全班人的面拒绝她!

眼泪掉得越发汹涌,林渺渺悔恨这一年多来对他付出的所有心意,她如何都想不到,今天的许邯谦会对自己这般不屑一顾。

最初来到这所三流高中的林渺渺已经完全丧失求学的欲望,在她中考落榜名校后很快就有了另一个追求:谈一场正儿八经的恋爱。

命运在开学一个月后给了她阳光般的希望,她这才发现对着月光祈祷是有用的。

在一次音乐课上,老师见同学们都羞于开口歌唱,于是提议同学们和自己的好朋友一起坐,这样大家就不会那么拘谨了。

林渺渺万般欣喜地把位子换到好朋友身边,好朋友肆无忌惮张口便"啊啊啊"地唱了起来,她忍不住笑出了声。

当时她正感冒,喉咙沙哑得开不了口,连笑声都像是初学者拉的二胡,断断续续地很难听。

这样的声音引来前面男生的注意,他转过头来看着林渺渺,眉眼微绽,清朗的笑声忽然传来。

电光石火之间,林渺渺想起班里女生发起的一个"评选班草"的活动,投票名单上便有这样一张脸孔,玉质金相,恍如再世潘安的许邯谦。

虽然女生们最终选定的"班草"并不是他,但彼时近距离地看到这张脸,她还是微微动了心。

林渺渺临上高二前就决心给自己的形象来个大转变。她烫了头发,大波浪形的,走起路来长长的卷发蹦啊蹦,吸引来许多艳羡的目光。

她在安排好的位子上坐下来,前一排是清一色的男生。

相处一段时间下来后,林渺渺在班里的人气水涨船高,就连素以不染红尘的"贫僧"自称的邢睿泽也爱同林渺渺说笑，她爱闹，总喜欢拿笔戳他的背。

尽管如此，仍然无人知晓高一时一向温婉示人的林渺渺竟做出这么大的改变，为的是什么。

直到刚刚，她在众目睽睽之下拎着一份精心包装的礼物笑盈盈地跑出教室，又把它捏得皱巴巴地带回来，然后趴在桌子上，泣不成声。

2.
伤疤这种东西，越揭越痛，你不肯讲，我便不揭

林渺渺私底下幻想了和许邯谦可能发生的许多结局，她想来想去，一直对那未知的结局满怀期待又为之澎湃。

许邯谦后来对她的态度变淡了许多，她不知道为什么会这样，但她还是很喜欢他，为了让他接受自己，她特地趁寒假改变了自己。

装着礼物的漂亮袋子的一角被林渺渺揉得稀巴烂，还是不解气，她站了起来，气势汹汹地攥紧袋子走到教室后面，"啪"一声把它扔进垃圾桶里，又回到座位上哭得惊天动地。

邢睿泽头一回见她如此动情，转过身来拍拍她的背，柔声细

语地安慰："渺渺,别哭了渺渺。"

她不买账,猛一抬头,两颗肿如鱼肚的眼睛朝邢睿泽瞪了瞪,"别管我!"

邢睿泽没辙,继续安慰她,又继续遭她警告,这样的情景在下午的3节课上一直重复着。

放学后邢睿泽整个人转过身来,无奈地看了看眼前披头散发活像一具女尸的泪人,起身走到垃圾桶边,把她扔掉的礼物拾了回来。

他把脏兮兮的袋子扔了,取出里面的东西,才知道原来是条围巾。

下课时已经听3班的同学说过,那个叫做"许邯谦"的家伙连看都不看一眼林渺渺送的东西就把它扔给了她。

呵,许邯谦可比3年前的自己拽多了,至少当时他还是象征性地看一眼前来告白的女孩送的礼物的。

"快把它还给我!"林渺渺忽然下了命令,邢睿泽恍然大悟,善变也是女生的专利。

他走到林渺渺身边,把围巾递还给她,却对上一双愤愤不平的眼睛。

她泪眼婆娑地盯着他几秒钟后,把围巾往他身上一扔,"它是你的了!"

语气里没有一丝商量的余地,邢睿泽眉尖微蹙,"'呼尔而与之，行道之人弗受'，你难道没听过君子不食嗟来之食？"

林渺渺斜着眼睛看他："什么'嗟来之食'？！这是我一针一线织成的！好几个星期的心血！"

眼看着她眼里又有泪在颤动，他连忙举双手妥协："好，好，我收下了，谢谢你啊。"

林渺渺再不看他，而是别过脸去看着窗外，楼下操场上正举行着篮球班赛，她顷刻间望得入神。

邢睿泽在她对面坐下，随着她的视线望去，过了半晌才指着操场上的许邯谦问林渺渺："你就那么喜欢他？"

她回过神来，忧伤的眼神落在了邢睿泽身上："他是我的一块伤疤。"

那一瞬间，邢睿泽已经不忍心再问下去。

"伤疤这种东西，越揭越痛，你不肯讲，我便不揭。"

尔后是长久的沉默。

3.
那一天的时光仿佛比生命中其他任何一天都长

她的伤心，他是能够深刻体会的。

如果不是爱，没有人能够为一个人落泪那么长时间；如果不是爱，没有人会盯着一个人的背影失神半天；如果不是爱，没有人会付出所有精力只愿博得一个人欢喜。

爱而不得的痛苦，他怎会不知。

林渺渺明恋许邯谦一年多，每次看见他时她都表现得极其不淡定，在家里虽时时念想，却总能做到不动声色。

在被许邯谦当着那么多人拒绝之后，连续几天她都没有展露笑颜，夜夜捂在被子里悄然低泣，宣泄到深处又变得歇斯底里。

妈妈渐渐觉察到了一丝不妥。

她把菜夹到林渺渺的碗中，渺渺只是默默埋头扒着饭，久久才抬眼朝妈妈笑。

那真是让人心疼的强颜欢笑，妈妈毕竟是过来人，最后还是忍不住问她："渺渺，是不是失恋啦？"

她拿着筷子的手刹那间僵在半空中，抬眼见到妈妈满目怜爱的那一刻再也控制不住。

那是 18 年来妈妈第一次和她有了关于感情的交谈，那天晚上妈妈说的那句话，大抵她永远也不会忘记。

"不以为，不猜测，不追忆，不期待。假使能做到如此心静无痕，伤害也就不会轻易发生。"

那也是第一次，她愿意认真地、冷静地回想他和许邯谦从陌生到熟悉，从当初暧昧不清到如今形同陌路的过程。

在发现林渺渺患了感冒喉咙沙哑的那天，许邯谦从前排回过头来和她讲了几个笑话，她沙哑地笑，他也跟着乐呵。好朋友在旁边一直开玩笑说他们两个是傻子，他们也丝毫不收敛。

是怎样一种默契，才会让他们在相识的第一天便对彼此掏心掏肺呢？

倘若不是命中注定，为什么至今林渺渺仍有深刻的感觉，那一天的时光仿佛比生命中其他任何一天都短。

许邯谦还买来一盒润喉糖给林渺渺润润嗓子，在碰到她冰凉的手时他还心疼地用他温暖的手握紧它们。

林渺渺记得很清楚，那时他的眼眸尽是温柔。

4.

我为你找个池塘盖间平房忘掉哀伤，给自己一个有鱼的地方

他们彼此是相知相惜的不是吗？可为什么后来在她表明了自己的心意之后，他又急切地退缩了呢？

邢睿泽劝林渺渺，别再深陷泥沼，许邯谦显然是个胆小鬼，他只想玩玩，她却把一切当真。

面对好心的劝阻，林渺渺一贯左耳进右耳出，唯一奏效的还是妈妈这番开导。

她忽然感觉从前的自己荒诞至极。

"不可否认我真是爱情的忠实信徒,可天主给了我什么?"

已经堕落好些天的林渺渺拿起笔尖直戳邢睿泽的后背,他疼得差点叫出声来,回过头瞪了她一眼,"天主赐给你一个天使,替你疗伤还要由你发泄!"

林渺渺一边说"那你就去屎一屎"一边在他的校服后面用粗笔描出一个"屎"字,邢睿泽预感到不妙,气得直跺脚!

当他们下课被班主任一起叫到办公室时林渺渺却释然一笑,似乎不闹出点事情来这些天的压抑根本发泄不了。

直到她撞见许邯谦,身为理科班数学课代表的他正在办公室帮老师整理同学们的作业,而他们班老师和林渺渺班主任的办公桌恰好相邻。

林渺渺注意到许邯谦后,眼睛再没有从他身上移开过。许邯谦看见她时也吃了一惊,但很快又埋头帮忙做事,不去搭理她。

"你们两个上课时到底在干些什么?"

林渺渺转过脸来看着班主任,一言不发,邢睿泽却二话不说牵起她的手信誓旦旦道:"不瞒您说,我刚刚在跟林渺渺表白,她已经答应和我在一起了,我们保证不再影响课堂纪律!"

林渺渺不可置信地看着邢睿泽,纠结的表情宣示了她的抗议。

她大概已经将他们之间的约定忘得一干二净了,可邢睿泽一直记在心里。

"等再见到许邯谦时,你就充当我男朋友,叫他拒绝我,气死他!"

林渺渺退缩了,在许邯谦面前的她一直很卑微,卑微到她连试着学习偶像剧中女主角对男主角宣战那样的勇气都没有,卑微到碰见他之后,她可以背弃和别的男生之间的约定。

林渺渺看不到当时邢睿泽的表情,她在挣开他的手后一边摇头一边解释:"不是的,不是这样的。"

她又一次丢了自己,怎么可能注意到彼时的邢睿泽脸上写着怎样的情绪。

邢睿泽没想到自己竟好心遭雷劈,因此和林渺渺冷战了许多天。

两个人见了面连招呼都不打,林渺渺故意装作看不见,径直越过他身边,他回头盯着她的背影,生了半天闷气。

几天后,林渺渺在楼梯口撞见了正俯身扫地的许邯谦。

她本想绕道行走,双脚却停在那里,怎么也挪不开。

回忆如画摆在眼前。

高一一次放学时,许邯谦突然出现在林渺渺面前,他看起来很紧张。

他比她高出整整一个头,就着她的身高,他微微俯身,问她:"我们可以一起走回家吗?"

这惊喜来得太快，林渺渺根本反应不过来。他又补充说，"我看你总是一个人回家，你难道不孤独吗？正好……我们顺路。"

那时候许邯谦每天放学都和他的朋友一起去打篮球，回家时他们各自骑着一辆山地车，许邯谦的那辆是红色的，骑在校园的小路上非常耀眼。但那天他没有骑车来上学。

后来的林渺渺懊恼不已，方才想到他那天一定是故意走路去学校的，就为了放学能够陪她一起回家。

可说什么都太迟了，当时的她因为太紧张而犹豫不决，许邯谦等了许久都未见她答复，直到他的朋友极不识趣地出现，像往常一样将他拉扯到篮球场上。

现在的林渺渺仍是一个人回家，高一那个下午的事情却仿佛就发生在昨天，她傻傻站在原地，视线已然模糊。

他们到底怎么了？为什么会变成今天这个样子？没有人告诉她。

楼梯间往来学生无数，许邯谦继续自顾自扫地，并没有注意到在他身边停留已久的林渺渺，以及拐角处的邢睿泽。

待到许邯谦抬头，邢睿泽已经拉着林渺渺的手走下了楼梯。

邢睿泽把林渺渺带到沿江边，"你到底想怎样？"

她看着潮涨船高的江面，一片茫然。这个问题对她来说，太难了。

林渺渺不喜欢别人刁难她，反问道："邢睿泽，你怎么那么爱多管闲事？"

是啊，他为什么那么爱多管闲事？邢睿泽懵了。

他不知道该如何解释，索性保持沉默。

良久，林渺渺才开口："邢睿泽，我真的不想再这样下去了，你帮帮我。"

他看着她无助的眼神，心里猛然一震。

华灯初上，江面驶过几艘捕鱼的船只，渔民们的欢呼声响起一阵又一阵，鱼儿正在渔网中挣扎。

邢睿泽望着它们，忽然神情笃定地告诉林渺渺："就让我为你找个池塘盖间平房忘掉哀伤吧，给自己一个有鱼的地方。"

5.
原来每个人的青春里都有一段情非得已的感情

1999年9月21日，宝岛台湾遭遇了百年以来最大的一场地震。

震感持续了短暂的102秒，连声招呼也不打便强行夺走了邢睿泽在这世上最后一位亲人。

他自幼与奶奶相依为命，若不是奶奶托她在大陆经商的干儿子把邢睿泽带到这边来读书，他根本不可能毫发无损地站在这里。

后来邢睿泽认了奶奶的干儿子当干爹，他是个孤儿，奶奶走了之后，唯有干爹把他当亲儿子般疼爱有加。

在他最伤心的那段时间，邻居一个年龄相仿的女孩总是借故找他出去玩，但他把自己困在房间里，不吃不喝，不肯踏出房门半步。

他说那是一位天使般的女孩，特别是她一边弹着吉他一边唱《我们这里还有鱼》的时候。他简直不敢置信，他刚刚才开始学识谱，而她已经能够弹唱自如了。

"我为你找个池塘盖间平房忘掉哀伤，给自己一个有鱼的地方。"

这是邢睿泽听过的最动听的一句歌，是那个女孩给她带来了希望。

邢睿泽和那个女孩之间仿佛有一条隐形的线，牵引着彼此，他们开始以兄妹相称，那时的他们想法很单纯，只要惺惺相惜，就什么都够了。

上了初中，青春期的孩子心里开始有一股热情在蠢蠢欲动，邢睿泽也变得慌乱起来，他发现自己对那个女孩的喜欢，已经超出了兄妹的范畴。

他在傍晚时分用吉他弹着庾澄庆的《情非得已》，对着邻居女孩的窗口勇敢地唱："只怕我自己会爱上你／也许有天会情不自禁／想念只让自己苦了自己／爱上你是我情非得已。"

7天之后，邢睿泽的干爹突然面如死灰地回到家。他的生意惨败，一夜之间，辉煌华丽的家变得空荡荡。

如果不是变卖家当，恐怕他们早已倾家荡产。

邻居女孩的妈妈深夜在阳台上撞见了正在修补琴弦的邢睿泽，对于他们家的变故已有听闻，她亦是深知他对她女儿的心意的。

可普天之下，没有哪一对父母肯让自己的儿女跟着别人受苦，要她看着他们两个人在一起过拮据的生活，她做不到。

邢睿泽第一次读懂了母爱的伟大，这盛大世间被永恒传颂的最真实感情，他无福领会，但也容不得自己将别人的幸福摧毁。

女孩在对他避而不见许多天后突然出现，带着她亲手织的一条棕色围巾。邢睿泽看了一眼便还给了她。

那天夜里，女孩哭得仿佛就要断气。与此同时，邢睿泽在心里不断质问自己："这样伤害她，我还算个人吗？"

最终他妥协了。

既然他给不了她幸福，就必须还她出路。

之后邢睿泽没有再见到那个女孩。

他们很快搬了家,搬到租金便宜一点的地方去。他早有所料,干爹一定会答应他的这个请求。

直到现在邢睿泽才大彻大悟,原来每个人的青春里,都有一段情非得已的感情。

他是这样,林渺渺也是。

6.

学生时代最容易动情的距离是,你就坐在我前排

邢睿泽问林渺渺:"许邯谦究竟给了你什么,值得你如此动情?"

林渺渺莞尔一笑:"他给过我被爱的感觉。"

他说既然要帮她从这段还未开始就已经结束的感情中走出来,就必须找出根源所在。而林渺渺其实很明白,感情这回事,哪有根可寻?

她不想往事重提,挥挥手说算了,先上课吧。

转眼班主任已经走进教室,还带来一个新同学。

见到新同学的那一刻,林渺渺的表情只剩下瞠目结舌。

沐宜这个死胖子,她还有脸回来上学?

全班认识她的人都情不自禁"哗"了一声,这个全年级最

胖的女生,不只林渺渺讨厌她,高一的同学大多也对她没有好感。

这全拜那次"微博事件"所赐。

高一有一次,沐宜在班里和一个瘦女生吵了起来,两人自此水火不容。而事情刚过不久,沐宜就在微博上大骂那个女生,甚至连许多无关的人也被拖下水。

她说瘦女孩都是穷光蛋,营养跟不上,却自以为很漂亮。

这分明是为自己的肥胖找借口。对方的父母很快找到了学校,更扬言要把沐宜告上法庭。

最终她休了学。

林渺渺讨厌沐宜,还得追溯到她发现沐宜是许邯谦的"铁杆粉丝"的时候。

得知她这个身份是在林渺渺和许邯谦关系暧昧的时期,当时学习累了的林渺渺正在走廊上看风景,许邯谦忽然出现在她身旁,手上拿着一瓶益达在她面前晃啊晃。

他说,"我不想吃了,赏你的。"

她分明看见那一整瓶益达像是没有开过的样子,但她舍不得拆穿他的谎言。

沐宜却突然不合时宜地出现在他们面前,用嗲嗲的声音喊了许邯谦一声"偶像"。

林渺渺歌唱得好,许邯谦偶尔会把她当成点播台,点什么她就唱什么，唱着唱着，沐宜也来插一脚。

她顿时如梦初醒，沐宜其实是个很有心计的女孩。

她忍不住将这些事情通通告诉邢睿泽，要他对她防着点。

周二影票半价，林渺渺拉着邢睿泽一起去看上映不久的《那些年，我们一起追过的女孩》，哭得稀里哗啦的。

邢睿泽倒是不知道整部电影的哭点在哪里，在他看来，人生让人遗憾的事情太多，与其悲天悯人，倒不如随时准备迎接下一站的幸福。

从电影院出来后，他们看见了一个胖女孩正在买爆米花。是沐宜，她竟然一个人来看电影。

林渺渺拽了拽邢睿泽的手腕："指不定是这个小人在许邶谦面前说了我的坏话。"

邢睿泽一笑置之，女生总爱胡乱猜测。

第二天课上，林渺渺看着邢睿泽的背，又想起了电影里的情节，于是拍拍他的肩问："你知道学生时代最容易动情的距离是什么吗？"

"一厘米？"他侧过身来问她。

"错！是前后排的距离！就像我们现在这样。"

他打趣道："你以为你是沈佳宜啊？"

那他不就是柯景腾了吗？

"邢睿泽！"班主任突然惊天一声吼。

邢睿泽旋即白了林渺渺一眼，都是她干的好事。

班主任挑了挑眉毛："这道题你给我说说，还有没有另一种解法？"

林渺渺不服气地瞪着她，这不是故意刁难吗？谁不知道她又在打着变相罚站的算盘，答不出来就别想坐下。

怎么说邢睿泽也是无辜的，她倒宁愿受罚的是自己。

邢睿泽顿时犯了难，他的数学成绩常常是全班倒数几名。

风轻轻地吹，叶子在窗外刷刷地响，教室里一时间安静得能够听见书页被风吹动的声音。

"快，给你。"同桌突然揪了揪邢睿泽的衣角，把一个小本子挪了过去。

雪中送炭让邢睿泽幸运躲过一劫，他想把本子还给别人，无意间看到了本子上的名字：沐宜。

他朝她的座位看去，她冲他微微一笑。

邢睿泽心想，也许林渺渺真是误会她了吧。

下课的时候邢睿泽在走廊上撞见沐宜，于是谢谢她在课上帮自己，她挥挥手说："同学一场，应该的。"

沐宜这一连串的举动让他心里轻松了不少，至少从表面上看来，她会去拆散鸳鸯的概率很小。

他把林渺渺拉到走廊上，要她认清事实看清眼前这个人，他不希望她无故冤枉别人，不希望她在自己心里头砸下一块大石，继续自欺欺人。

林渺渺顺着邢睿泽手指的方向看过去,但最先看到的不是沐宜,而是许邯谦。

这个曾经跟自己关系暧昧的人,他在离她不远的地方和一个被她认为是世界上最丑的女孩谈笑风生。

这严重打击到了林渺渺的自尊心。

她气得就快要哭出来,转过身一把推开邢睿泽,狼狈地跑掉。

7.

有一个假想敌是很正常的事情,只要你知道,真正的敌人是你的心

一个星期后,林渺渺已经不再提这件事,邢睿泽偷偷问了沐宜,才知道她和许邯谦其实从初中就已经认识,因为初中时她迷恋飞轮海组合中的吴尊,又惊觉许邯谦和吴尊长得像,才开口喊他为"偶像"。

虽然邢睿泽已经将沐宜的解释一五一十地说给林渺渺听,但她还是无法像喜欢其他同学一样喜欢沐宜。

班主任突然在班里宣布,下周高二将举行拔河比赛,每个班派10个男生10个女生参加,高个同学优先。

林渺渺身高165cm,还没来得及考虑要不要报名就被班主

任选中，同样被选中的还有沐宜，这样一来，林渺渺的心理更不平衡了，班主任却说沐宜虽然矮，但她的体重有很大优势，她可以靠身体拖动绳子。

为了集体的荣耀，林渺渺也不好说什么，但她发现沐宜竟然变了不少，就算班主任公开这样说她，她也不生气，反倒嘻嘻地笑，真把她被选中的原因当成一件光荣的事情。

林渺渺被参加比赛，她自然也不肯放过邢睿泽，硬是把他拖到办公室报了名。

参加人选很快敲定，大家在体育课上练习，老师说："男女搭配，干活不累"，让他们按照一男一女的顺序排列，邢睿泽毫不犹豫地跑到林渺渺的后面。

体育老师根据他们各自的身材条件稍微调换了位置，却没有把林渺渺和邢睿泽拆开，两人偷偷乐了整一节课。

有了邢睿泽在身后为林渺渺"保驾护航"，她感到安全感十足。

正式比赛开始了，全校学生在操场围成一个圈，比赛的同学站在中间。晋级赛分别由相邻的两个班级互相对阵，赢的班级进入决赛。

与7班对阵的是8班，比赛前林渺渺信心满满地和邢睿泽击了个掌，然后紧紧抓住麻绳，听见裁判员的哨子响后拼命将绳子往后拉。

林渺渺的力气不大，却像豁出去般把鞋子都磨得嘶嘶响，邢睿泽感觉到她的用劲，用手抓住前面的绳子，卯足劲拉到自己的位置，又把手伸向离林渺渺的手更近的地方，为她减轻重量。

沐宜站在最后面稳住绳子，她的体重的确发挥了很大的优势，她把绳子往下拉，几乎用尽全身力量将它一点点拉了过来。

7班胜利了！林渺渺兴奋得转身就和邢睿泽抱在一起，其他同学也纷纷喝彩欢呼，接下来的比拼更是全情投入，就这样一路杀到了决赛。

林渺渺的对面站着许邯谦，他竟然成为她的对手。

邢睿泽拍了拍林渺渺的肩："给他点颜色看看你有多厉害，证明他有多傻。"

虽然不知道这两者之间关系何在，她还是狠狠点了点头。

一场殊死搏斗过后，邢睿泽把林渺渺抱起来转了一个圈庆祝胜利，她笑得灿若夏花，而即使偶然和许邯谦有眼神的对接，她竟也不感到心虚了。

一切发生得那样自然，她在他的眼里看不到一点波光荡漾。

班里身强力壮的男同学们高兴得合力把沐宜抱起来绕场奔跑，在一片欢呼声中，还有人偷偷塞了一朵玫瑰花给她，她冲那个同学害羞地笑了。

林渺渺高一便认识那个人，他曾是许邯谦的同桌，俊朗阳光。

心里曾有过的十万个为什么突然迎刃而解，为什么那时沐宜总爱在许邯谦身边转悠，为什么回归的时候沐宜选择了这个班，她通通有了答案。

"原来她一直是我的假想敌。"林渺渺把头靠在邢睿泽肩上，她突然感觉好累好累，这么久以来，她心里对沐宜的排斥就要结束了，她应该感到如释重负才对，但她莫名难过得想哭。

"有一个假想敌是很正常的事情，只要你知道，真正的敌人是你的心。"不知不觉中，邢睿泽已看透了她。

没人知道他一直有多心疼。

8.
我的灵魂，从此为你沸腾

"不以为，不猜测，不追忆，不期待。"妈妈说的这句话，林渺渺从不敢去真地参透。有些时候，她就像是个胆小鬼，不敢面对的事情怎么都劝服不了自己去面对。

"不要轻易以为那就是爱情，不要胡乱猜测他就是喜欢自己，不要时刻追忆美好的过去，不去期待不属于你的心。这也许就是你妈妈的本意。"邢睿泽说完，林渺渺有种他一语道破天机的感觉。

但这不重要，重要的是，她终于面对了现实，许邯谦给予她的曾经，是短暂的、热烈的但又羞涩的爱恋，但不是爱。

林渺渺和邢睿泽，他们都是一类人，一样承受过爱而不得的痛苦。

在这盛大世间，爱而不得的感情有许多，但不尽是令人遗憾的事儿。它也教人成长。

生命总有转折，月亮弥补不了圆缺，总有太阳给予圆满的笑脸。

幸好，林渺渺遇见了邢睿泽。

一个人要读懂另一个人，也许是靠一个眼神就能办到的事情。就像许邯谦拒绝林渺渺的那天，她只泪光闪闪地看了邢睿泽一眼，他就知道，她需要人陪。

"林渺渺，我的灵魂，从此为你沸腾。"

等了这么久，邢睿泽才终于向她表白。

林渺渺正矜持着，无意中发现她的书桌上不知何时被刻下了这样一句话："林渺渺，你终会在爱而不得中长大。"

是在她失恋那天，邢睿泽偷偷刻下的。

她想，没有理由拒绝他。

第二章

回忆甜似桃，暖如歌

你徒步而行，

翻山越岭，

终于听见我说，

我喜欢你。

——题记

遇见你之前,我总梦想骑着"奔腾"环游世界,
但这一刻,我终于能够大声地说,我最想环游的世界,就是你。

我最想环游的世界就是你

1.
威武一声救了我的"奔腾"

沿路经过各种商铺,在距离苏宁电器 500 米的地方有一家小酒馆,名曰"石头酒馆",是我今晚的送货地点。

我经营了一家进口零食网店,每天放学后我都会将零食一件件打包寄出,网店开了半年,我爸看我的生意蒸蒸日上,给我买了辆小菠萝摩托车,我给车取了个好听的名字叫"奔腾",几乎每天晚上我都开着它给本地客户送货。

其他班的人说:"许星晴是个市侩的女孩儿,眼里只有钱。"

他们还用手机查了我的网店，本想嘲笑我的信誉，却突然哑口无言。

同桌赵梦露满脸愤懑地告诉我这些的时候，我不以为然地摆了摆手，不跟他们计较。

我敢打赌，说那句话的一定是群没有梦想的人，所以他们也就不会知道，网店的背后其实藏着我远大的梦想，就是开着我的"奔腾"，去全世界翱翔。

这倒也不能全怪别人，连赵梦露都不晓得，因为长得像只小乌龟而被她嘲笑惯了的"奔腾"，承载的不止我的人，还有我未来的无限可能。

我的"奔腾"被无情扣押在了酒馆门外，那个势利的保安凶巴巴地望着我，这儿的顾客非富则贵，在他眼里我只是个来占便宜的黄毛丫头，因为这儿可以免费停车。

我跟他的争执声把你引了出来，看见你，我突然哑口无言，心里只想叫那个骂骂咧咧一口一句"占小便宜"的保安马上住嘴。

你俯身瞧了瞧"奔腾"，拍拍它的屁股，挑起眉毛问我："这家伙是你的？"

见我点头，你的眉眼绽得愈开了："那开走吧。"

那个霓虹闪烁的酒馆门外，当"奔腾"的突突声在保安不服的眼神中响起时，我难掩得意心情，吹着口哨离开的样子风尘仆仆。待我开远了，还听见身后传来你教训保安的话。

我完全能够想象身为酒馆老板儿子的你教训员工时咄咄逼人

的画面,尽管我总是心太软,但想到你是在帮我出头,还是勉强收回了对那名保安的怜悯之心。

那天晚上,我第一次近距离接触了赵梦露的梦中情人,半路上我还因为这句话笑出了声,范儿十足的她果真眼光独到。

翌日放学时,我顺路载单车爆胎的赵梦露回家,她在空旷的地下停车场里惊喜地尖叫:"许星晴,你居然去'石头酒馆'了!"

一时间余音缭绕,我的脑海里涌出了许多张脸,全是你,很好看。

赵梦露在一阵喜出望外后继而埋怨我:"死丫头,去那儿也不通知我一声!"

我哭笑不得,自己对什么感兴趣她是知道的,我向来滴酒不沾,但当下我很想知道,她凭何知道我的行踪?

在我疑惑的眼神中,她突然从"奔腾"的屁股后面解下一根系着小石头的红绳子。那是什么时候被绑上去的,我竟全然不知。

"'石头酒馆'会在顾客的每辆车上系这样的红绳子,这是他们的特色服务之一。"

接下来赵梦露还说了什么我已经听不太清,满脑子全是谁把绳子绑在我车上的事情。

那个凶神恶煞的保安成为我第一个排除的对象,可还是无法猜出谁是嫌疑人,我抿抿嘴,顺手把绑着光滑小石头的红绳子系在右手上。

2.
就这样被暴发户雇用了

学校里大多数人都听闻过你,一个从不仗势欺人显摆背景的纨绔子弟。赵梦露更是对你的人品赞不绝口,平常我都只倾听,不发言,但那天"奔腾"行驶到一半突然没油,我的脑海里立马想起一个念头:都说你人品好,借我一点儿运气吧!

刚一扭头我便撞见了你,你脚踩着价格不菲的自行车,悠哉悠哉地走向一条胡同里。

我像是抓住了一根救命稻草,使劲把车拉到路边,迈着小碎步跟在你后面。

胡同深处住着几户人家,再往里进是个荒废的旧沙场,小时候常常见到大人开车运送沙石过来堆放,后来再也没有人来过这里。

见到你的时候你正背对着我蹲在地上,四周空无一人,我本想喊你又怕你受惊吓,只得蹑手蹑脚地走过去,想一探究竟。

从赵梦露口中,我听说过许多关于你的事情,但我没想到随性而又不失个性的你,还拥有这样孩子气的一面。

你从一堆沙石里面仔仔细细把一颗颗的小石头挑选出来的安静模样,大抵他们都没见过。

我俯下身子,好奇地问:"你在做什么?"

你被这突如其来的声音吓了一跳,身体微微颤了颤,继而抬起头看着我,一言不发。

被你仰视的场景实在令人尴尬,我只好蹲下来,与你对视,又重复了一遍。

你眉间微蹙:"谁让你出现在这里的?"

我突然有点憎,条件反射地回答:"这又不是你家。"

我以为你会穷追不舍甚至用黑社会老大的语气说出类似"这是我的地盘"这样的话,但你瞟了我一眼,不再搭理我。

我忽然想起我是来求助的,便连忙直奔主题:"请问你能借我点钱吗?我的车没汽油了,开不了。"

"为什么?你是谁?"

话音刚落,我的脸顿时因窘迫而憋得通红:"你忘了?我们在'石头酒馆'门口碰过面。"

你的表情没有丝毫变化,眼看着你没有一点儿帮忙的意思,我心想算了!转身就要离开。

"等等。"

你把我叫住说:"帮我捡石头,我帮你。"

我花了五秒钟时间思考这个问题,想想并不吃亏,于是问你:"这个,有什么要注意的吗?"

"捡块头小一点的,棱角不要太多,纹路越深越好看,捡完我都会拿去磨平,"你忽然瞄到我的右手,指着红绳子上的小石头告诉我:"磨成这样。"

我戴着的小饰品居然是你做的,我有些惊讶,没想到男生的手能够如此巧妙,做出这样精致的东西来。

黄昏的霞光照耀在沙石堆上,一颗颗石头变得金灿灿的,看上去很美。我扪心自问,长大后做过听起来很傻的事儿,除了陪你一起捡石头,再无其他了。

你说话算话,当天色渐渐昏暗的时候我们已经捡了很多,你心满意足地从兜里掏出一张百元大钞塞到我手里:"给,快去加油吧。"

我目瞪口呆:"不用那么多。暴发户吗?"

没想到你自动过滤了这些,离开之前问了句:"愿意干点兼职吗?"

我哪有那么多时间,直言:"我晚上常常要去送零食……"

你打断了我的话,说:"每周五下午放学后,不占你太长时间,酬劳不会让你失望。"

那天晚上,我在辗转反侧了无数遍之后,确定平常头一沾到枕头就能入睡的自己当真失眠了,你的话整夜在我耳边回旋。天亮之后我终于抱着复杂的心情承认,我堂堂一个自食其力的淘宝店主,就这样被你这个暴发户雇用了!

3.

这是一次有计划有组织的"偶遇"。

每周五放学你都会准时在校门口等我,八卦的同学们总爱对我评头论足,但是很少有人会说你的坏话,一传出和你在一起的绯闻,被骂得最多的总是女生。

你的人品是人尽皆知的,而我的努力向来无人问津。我早就习惯了,也不喜欢特意避讳。

高大健硕的你开着小"奔腾"的样子看上去特别滑稽,即使是坐在你身后,我依然能够感受到你浑身上下透露着的不自在。可我不管,我跟我的"奔腾"在一起,还有钱赚,足矣。

捡石头的过程其实挺无聊,我真的难以想象从前的你一个人是如何周而复始地进行这项工作的,面对我的困惑,你只是一笑而过:"当你喜欢一样东西时,只要是干有关它的活儿,根本不会觉得无聊,反而是种乐趣。"

我嗤笑一声:"不就是块石头吗?这你都喜欢。"言下之意根本不觉得其有何特别。

话音刚落,你忽然从兜里拿出手机,按下一连串的照片给我看。

在一个充满黄色灯光的房间里,天花板和墙上遍布着非常好看的装饰品,颜色鲜艳润泽,看上去很舒服。

我正欣赏着这些画面,你冷不防地开口:"想得到这些都是用石头做的吗？"

你真逗，我看看沙石堆上一颗颗平凡的小石头，又看看情调温暖的照片，连连摇头。

接下去的近距离拍摄叫我整个人瞬间变得瞠目结舌，原来真的全是石头，只是被你喷上了不同的颜色，感觉便上升了好几个阶层。

"再平凡的东西，你用另一番角度去审视它，适度地改造它，也能够看到它独特的一面。"

你说出这句话时，眼神是我非常陌生的，但你的表情很认真，我想，这些石头特不特别我不知道，但那一刻我觉得，你是个特别的人。

人们通常不会无缘无故对一件事或一个人用情至深，从你的眼神里我仿佛看到，你喜欢石头，自有缘由。

电光石火之间，赵梦露曾经说过的一句话浮现在我眼前。她说："林贾生，他的人生并不简单。"

我突然对你的人生燃起了莫名的兴趣，我所拥有的这一刻，是赵梦露期盼已久的。我于是拿出手机，借故保存你的号码方便以后联系，一边按下了那个今天早上背得烂熟于心的号码。

你是个爽快的人，在我重新开始拨打你的号码时你把我的号码也存进了手机，就在你埋头存取号码的时候，赵梦露如约出现了。

她冲我调皮地眨了眨眼睛："嗨，许星晴，可找到你了！"然后跑到我身边，蹲下来好奇地看着这些石头，指指它们问我：

"这就是你的兼职工作?"

我微笑点头,她又看了看我身旁的你,热情地朝你挥挥手:"嗨,帅哥。"

你有些反应不过来,可能没想到还有人能找到这里。我向你介绍:"这是我朋友,她说有事找我,我就让她过来了。"

你恍然大悟地点点头,赵梦露不注意的时候,有一丝不自然从你的眼里一闪而过。

赵梦露是个阳光率直的女孩,即使你在身旁,她仍像平时那样咧嘴向我撒娇:"许星晴,今晚送些零食到我家里吧,都吃光了!"

我抿抿嘴说好好好,你突然问我:"你家里是做零食买卖生意的吗?"

出生在农民家庭的我不像你,你的父母是事业有成的商人,听赵梦露说,你的亲戚也都是腰缠万贯的有为人士,我摆摆手:"不是,我在网上开零食店,晚上就是个送货的,记得吗?那天在你家酒馆门外送货,车还差点被保安扣了呢。"

你沉思片刻,继而恍然大悟。

赵梦露把玩着小石头,她看起来对它们也有很大的兴趣,连连向你发问,成功转移了话题,和你聊到了一块儿去。

见赵梦露终于如愿以偿,正跟你聊得热火朝天,今天的石头也挑得差不多了,脚已经很酸,我干脆坐在了沙地上,拿出手机,开始盘算今天出售的零食能赚多少。

4.
干杯啊朋友

每次捡完石头你都会给我一张百元大钞,我自知这活儿根本费不了多大力气,但想想反正你家有钱,我又缺钱,没理由跟钱过不去,就毫不客气地都收下了。

一个月后赵梦露以我拥有双收入为由,让我请她去"石头酒馆"喝几杯鸡尾酒。我执意不肯,她吐吐舌头,说"许星晴你真抠"。

自从那次她有计划有组织地和你"偶遇"之后,你们俩便成了朋友,彼时我已经背着赵梦露偷偷告诉你,她很喜欢你。你默不作声,但答应了我试图让你约她出去玩的请求。

赵梦露在鄙视完我不久后接到了你的电话,愣是憋到说完"再见"才敢暴露本性,冲着我就是一顿捶打。在我眼里赵梦露就是个疯婆子,高兴的时候下手真重,但我从不怪她,谁让她对我有过大恩大德呢。

在我的网店刚刚注册的那段时间,家里突然出现了经济危机,我因此有了休学打工的打算,但我爸把一切压力都往自己身上扛,不但继续为我交了学费,还支持我为梦想而创业。

我帮不上什么忙,唯有通过买卖赚来的钱补贴家用。

网店生意真难做，竞争力大，由于我社交圈较小，宣传导致效果也不好，然而就在我绞尽脑汁焦头烂额的时候，新同桌赵梦露突然提出，她愿意帮我宣传。

　　赵梦露开朗果敢的个性使得她在学校里颇有人缘，有了她的帮忙，我的网店生意一时间非常火爆，我给家里的补贴一次比一次多，不得不佩服她的赵氏效应。

　　因为有一个酒鬼老爸，赵梦露还学会了喝酒。当你约她到"石头酒馆"的时候，我想她至少不会像我一样，吐你一身臭哄哄的。

　　我该用怎样的语气来更好地描述我们的第一次相遇呢？尽管你已经不记得了，但我仍觉得那是我最刻骨铭心的时刻。

　　那大概是我这辈子最失态的样子，喝得酩酊大醉，明明已经数不清桌上有几个酒杯，却还一直嚷嚷着"干杯啊朋友"。

　　那阵子因为家里的经济危机，我一直处在闷闷不乐的状态中，有天晚上经过"石头酒馆"时，滴酒不沾的我竟然稀里糊涂地走了进去，很快把自己灌醉。你好心过来询问我还好吗，还遭来一身吐。我记得特别清楚，当时你的样子有多无辜。

　　后来还是我爸从你背上把我接回去的，幸好有你看着我，不然我真不知自己会干出什么荒唐的事儿来，我爸因此想过很多种方式感激你，送烟酒？那会教坏你；送水果？你家肯定有很多，实在没办法，我爸突然语重心长地跟我妈说："要不，让我们家晴晴以身相许吧？"

　　酒醒后的我躺在床上听见这句话时，一口老血差点喷死身边的猫，所幸接下来我妈的回答让我看到了一丝希望："不行不行，你这不是乱来嘛！"

我正热泪盈眶地想果然是亲妈啊，没想到她继续道："不能祸害了那个男孩！"

有句话说，如果有人见过你最丑的一面，那么你将面临两种选择：杀了他或嫁给他。

实不相瞒，我也曾想过不能就此放过你，那些恍恍惚惚的时刻里，你帅气的面孔已经成了我心里的烙印，要说对你有没有过非分之想的话，其实是有的，在赵梦露没有提起过"石头酒馆"和"林贾生"之前，是真的有过。

5.
在黄昏见面，在日落分别

但你是真的忘了我，在我们一同捡石头的过程中，你从未提起过我在酒馆喝醉的事情。

我们总在黄昏见面，又在日落分别。我总是两手空空地来，又带回一张张的老人头。在你的世界里，我扮演的纯粹只是一个受雇者的角色，除却钱，我跟你似乎找不到其他交集了。直到这一天，你一如往常把一张红彤彤的老人头塞进我手里时，突然抬起头，用一种近乎恳求的语气问我："今天能不能多陪我一会儿？

我给加班费。"

林贾生，你把我当什么了？我许星晴是很爱钱，我还想去迈阿密潜水呢，但还不至于为了钱而变成一只冷血动物，所以我很快从"奔腾"上下来，走到你身边，斩钉截铁地告诉你："如果你把我当员工，那我已经下班了，如果把我当朋友，麻烦收起你那两个臭钱，我随时奉陪。"

你苦笑了一下，为我的人格道歉，然后夺过我手里的车钥匙，骑上了"奔腾"，冲我喊："上来吧，去吃东西，我饿了。"

你把我带到了自助烧烤广场，真是昂贵啊，一次烧烤就要花上好几百，够我陪你捡一个月石头了，我拉着你的衣袖就要走出门口，一边扯一边说："你不是饿吗？我车里还有好多零食。"

你哭笑不得地把我拉了回去，和你坐在一起烧烤的时候我想，放弃对你的胡思乱想是我最正确的选择，你舍得花几百块钱吃顿饭，我却在做着分毫利润的小生意，这就是我们的距离。

你还叫了几瓶啤酒，从服务员手里接过来的时候你仰起头"咕咚咕咚"就喝了起来，我想起你跟我说过，虽然你家是做酒业的，但你并不爱喝酒。

我把一只烤熟的鸡腿递到你面前，晃了晃你的手臂："林贾生，你还好吧？"

语气像极了我喝醉那一晚的你，你把瓶子放下，望着我："你说，赵梦露好看吗？"

这算什么问题？我不假思索地回答："当然啦。"

你直言不讳："男生都喜欢好看的女生。那她可爱吗？"

"班里人称'第一萌系教主'"。

你点点头，"可爱的女孩子的确让人难以拒绝啊。"

从你的这番话里我听出了些别的含义，看样子你跟赵梦露真的有戏，那是她最梦寐以求的结局。

我已经为你向我宣布你们两个已经在一起了的消息做好了心理准备，你却突然语塞，接过我递给你的鸡腿，咬了一口，然后拿起酒瓶又是一阵狂饮。

我不再试图阻止你，心想赵梦露看不到你因为她而这么开心的模样真是可惜，她喜欢你，你也喜欢她，这是好事儿，的确值得庆祝。

我拿起桌上的冰柠乐猛吸一口。

"嘶"，好爽！

眼泪差点飙了出来。

6.
天一亮，我们就散

你今晚的模样看上去异常兴奋，我不想扫你的兴，所以即使你总是喝够了酒才开始搭理我，我也毫不生气。

当啤酒只剩空瓶子的时候你问我："许星晴，你有赵梦露好看吗?"

这不是明摆着让人难堪吗?我白了你一眼:"还是她漂亮。"

"你比她可爱吗?"

既然你穷追不舍,我也就舍命陪君子:"对不起,我长得着急了点,卖不了萌。"

"是啊……"

你恐怕醉得不轻,竟然不知死活地跟着附和,我还来不及发火,你却悠悠别过脸,用一种迷蒙的眼神望着我:"奇了怪了,我为什么偏偏喜欢你呢?"

那天晚上是怎么把你折腾到"奔腾"的后座上的,我已经忘了,但一路上你趴在我的肩膀,一声一声地呢喃的场景,这一辈子我都不会忘记。

"许星晴……许星晴……许星晴……"这简简单单的三个字从你的嘴里说出来,竟然那么动听。

林贾生,我耍了那么久的小聪明,却还是败在你手里。

在感情的世界里,我是个弱者,天一亮,我们就散,阳光会把你的酒气全部驱赶,顺便带走我的悲伤。

翌日回到学校,赵梦露满脸的忧愁让我有种做贼心虚的感觉。她告诉我,每当她去找你,你总是对她若即若离,你说,校草级人物李正和慕钧都长得很不错,问她对他们感不感兴趣。

谁都知道你跟李正和慕钧是学校里的三剑客,赵梦露不是个傻子,她完全听得出来,你把她当成了足球踢来踢去,听到那句话，换作任何一个女孩都会很伤心。

我不敢提昨晚的事，摆摆手说别想太多了，找个时间我帮你问问他。

放学后我在拥挤的操场上撞见了你，还没开口，你却二话不说把我带到"石头酒馆"去。

在酒馆的后厨房里，你带我穿过一条小隧道，打开门的那一刹，我惊讶地发现这是在你手机里见过的那个有着化腐朽为神奇韵味的房间。

石头装饰的墙，石头点缀的天花板，还有那些石头磨成的小饰品。这些东西拼凑在一起而产生的化学反应，完全颠覆了我之前对它的看法。

你拉着我一起坐在干净的地板上，开始给我讲关于石头的故事。

"石头酒馆"刚开业的时候并不叫这个名字，酒馆门庭冷落了两年，那时候你刚满10岁，在你爸想要放弃经营的时候，你在一节美术课上接到了老师布置的作业："选取你身边任何一样平凡的小东西，把它拼成另一样东西。"

你正愁什么才是平凡的小东西，刚好经过沙石场，地上一堆堆的小石头引起了你的注意，你一下捡了几十颗，把它们装进一个空矿泉水瓶里拿回家。

你问爷爷："把它们拼成什么好呢？"

爷爷是个老酒徒，举着白酒瓶子随口一说，它便成了你的创作灵感。

你的这副名为"石头和酒"的作品赢得了老师的赞赏,她还在家长会上重点表扬了你,你爸受你启迪,灵机一动,把酒馆改成了"石头酒馆",还把它重新装修成了一种大自然风格,环境变得很舒适,气氛很好,酒馆生意日趋火热,你爸乐了,你对石头也渐渐产生了极大的兴趣。

7.
我想大声告诉你

我情不自禁对你竖起了大拇指:"你好像古代传说中的神童啊!"

你笑了笑,又马上变得严肃认真起来:"我昨晚想了一夜,你没赵梦露好看,也不够可爱,但我深深喜欢你,因为你就像这些石头一样,看上去再平凡不过了,但谁都不及你独特。"

我有些反应不过来,你又接着说:"你看上去很坚强,也真的像女同学口中说的那样,很喜欢钱,但幸好我看过你醉醺醺的样子,你说等你开始赚钱了,你就使劲拿给父母花,还要去银行开个户头,把剩下的全攒起来,去实现梦想。对了许星晴,你的梦想是什么啊?"

我有些热泪盈眶,这么久以来,第一次有人不问我为什么小小年纪就那么喜欢钱而是问及我的梦想,要不是碍于面子,那一刻我真想求求你:"可不可以别一次又一次地说到我心坎里去?"这样的你,我拒绝了,真的会觉得可惜。

再见到赵梦露时,她还是一副忧心忡忡的样子。

我问她,是不是你又说了什么伤人的话?她立马否认:"慕钧向我表白了。"

我错愕不已:"你俩什么时候勾搭上的啊?"

想起慕钧这段时间放学后经常出现在我们班门口的画面,我恍然大悟。

"许星晴,知道你原本冷冷清清的生意是怎么一下子变得异常火爆的吗?"

我点点头,"不是因为你的宣传效果好吗?你在学校本来就人气爆棚。"

没想到赵梦露道出原委:"更重要的原因是,我把你的名片发给慕钧了,是他帮我的,还有林贾生和李正,他们替你招来了不少订单,我在你这儿下的单子,很多都是慕钧帮林贾生订的。"

我听得一愣一愣的,意思是……你在暗中帮了我许多?

接下来的几节课,赵梦露一直是在眼泪中度过的。她说她心里很乱,两大帅哥她不知该作何选择,原本很喜欢你,慕钧的出现却使她有些动摇。

我的脑海里始终回想着她的话:"你不知道吗?'石头酒馆'推出新活动,一次消费满1000块以上的客户都送进口零食,听说是林贾生出的点子呢。"

我突然明白了为什么那么多本地顾客都约我在"石头酒馆"见面。

赵梦露趴在桌上哭得稀里哗啦的,我也偷偷掉了几滴泪。

黄昏时分,我们又在一起捡石头。我一直沉默不语,你终于按捺不住,突然对我说:"你眼里写满现实和物质,旁人看得清清楚楚,而我就是傻傻读不出。

为了坚定地去承认喜欢一个人的感觉,等多些时日,
又何尝不值得。呐,听说一起骑过芭提雅象的人,最终都会幸福的。

骑着芭提雅象去流浪

1.
若教此掏到痴人,任是高墙无路、蝶翻身

2010年立冬前夜,福安大学公寓B栋707宿舍1号床上身着亲肤小棉衣的陈然然,正满心欢喜地浏览旅游攻略。

凌晨撒下的咖啡因对神经中枢的刺激在清晨上机之后便失效,在沉甸甸的眼皮彻底倒下之前,胸前挂着导游证的光阴旅社招牌美男导游迟冉在陈然然右边通道中间手舞足蹈地比划着什么,催眠曲般的声音此起彼伏不绝于耳:"……听清楚了吗?……还有问题吗各位?……"

在嘴角隐约透着清亮液体的陈然然眼里,这一刻,戴着一顶黄色旅游帽的迟冉如头顶王冠的神秘魔法王子般,消失,忽现,阵亡又重生,直到她进入梦乡。

迷迷糊糊睡了多久不太记得,抵达曼谷时,陈然然是被迟冉敲着脑袋唤醒的,不情不愿,想象美好的旅程一旦扰人清梦,也不能够被原谅。

讨人厌的感觉一直蔓延到下午,出发去大皇宫前被禁止的短袖短裙,让这一切显得越发糟糕。陈然然忽生怨念,曼谷跟她一定不投缘。

照旧在五星级酒店的阳台上听陈然然碎碎叨叨一通吐槽,迟冉一边慵懒惬意地享受着豪华夜宵——从巷子里的酒家打包来的咖喱螃蟹,微辣而饱满多汁,鲜嫩的白灼虾在舌尖雀跃,再饮一杯"洗假牙水",任苏打与柠檬在味蕾中肆意拥抱。世间美事几桩,独食占其一。

怨之盛极,陈然然举起"洗假牙水",哗哗将几颗假牙状冰块倒入嘴里嚼起来,发出"兹克兹克"的声音。

小房子后的同团男生呷了一口清酒,嘴角微扬。他看着陈然然高高竖起的马尾辫在空中飞舞,刷成棕色的眉毛上蹿下跳,粉嫩的脸颊随着情绪的起伏变得通红。打扮如此俏丽的陈然然,是曼谷美丽夜晚下的迷人少女。

校友尉镰报团只是为了一睹师兄风采,陈然然却在不经意间跌进他的眸里。同团的这个女孩尽管看起来不够合群,但高挑的她跟传说中的学霸美男迟冉站在一起的画面倒也异常和谐。

若教此掏到痴人，任是高墙无路、蝶翻身。

尉镰从口袋里掏出一枚皇冠形状的发夹，夜色下捡来的白光闪烁，不知道她还需不需要它。

酒气渐渐熏天，尉镰望着陈然然的眼神也变得越发迷离而深远。

2.
见拳如见人

蓄精养锐早早睡，翌日陈然然果然精神抖擞，吃完早餐便踩着脱鞋朝半空中飞舞的蝴蝶肆意地追。

她今天的穿着让人耳目一新，白色背心外随意套了件白衬衫，民族风的玫红长裙，一头绑得美丽秀气的长发，让尉镰忍不住屏息凝神，望得险些失魂。

出发去芭提雅，坐在陈然然隔壁的尉镰轻轻拍了拍她的左肩，"嘿，我叫尉镰，你呢？"

陈然然沉浸在窗外晴蓝的天色中，闻声回过神来，扭头冲他微微一笑："啊，我是爱喝摩卡的陈然然。"表情如沐春风。

尉镰忍不住笑："难怪把脸蛋喝成了包公的颜色。"

车从一大片树荫下呼啸而过，不堪屈辱的陈然然正欲发作，尉镰又指着她的脸道:"哪,白回来了!"

原来不过是场捉弄。陈然然不好发脾气,瞪大双眼在他面前比划了一下拳头。

见拳如见人,她喜欢用这种方式跟有意思的人打交道。

尉镰感受到一股正在酝酿的杀气,立马抱拳求饶。

坐在司机后面的迟冉从后视镜里看到出拳的陈然然,一眼洞悉,这丫头,在这都能交到朋友。

东芭乐园的民俗表演常常赚足游客眼球,但陈然然更期待见到气势磅礴却温顺亲切的大象。港式经典电影看多了,关于那个"躺在金色沙滩上,晒着日光浴,一边享受大象独特按摩手艺"的梦,已躺在陈然然脑海里好多年。

终于等来了大象表演。陈然然把买来的新鲜香蕉扔给场边的大象,它们即将寻找服务对象,她跃跃欲试,迫不及待想吸引它的注意,可还需要另一个伴。

"我来!"尉镰突然站起来,冲着训练员不停地挥舞双手。

陈然然惊喜地看他,原来他也感兴趣啊!输人不输阵,她把手一举高喊:"我也要我也要!"

气氛沸腾的东芭乐园表演区,在半空中卖力挥动着的这两双手是那么耀眼而勇敢。

男女搭配多看点,训练员像捡到金子一般,兴奋地指向他们:"Come on!"

陈然然来到场中央,双手合十向大象鞠了个躬:"萨瓦迪卡!"

身旁的尉镰碰碰陈然然的肩,提醒她:"要讲点实际的,"继而扭过头去问大象:"金靠勒央?(吃饭了吗)"

噗!陈然然巧笑倩兮,顿时却有股凉意自脚底蔓延上来。

大家伙忽然把自己长长的鼻子卷开,在训练员略微不协调加莫名戳中观众笑点的动作指导下,陈然然小心翼翼地坐了上去。

大象的表皮原来那么粗糙,硬邦邦的。象鼻子忽然卷起来,渐渐抬高,陈然然下意识地发出尖叫:"啊——Help me!"

连英文都飚出来了,但这明明是泰国呀。尉镰自顾不暇,又觉得好笑,一边保持平衡一边冲她大喊:"别怕!扶住大笨象的鼻子!"努力使自己淡定下来的陈然然在确保已经适应之后冲着天空怒号:"你才是大笨象!大——笨——尉——镰!"其实也是蛮刺激的呢!

噢。被卷起来也中枪!尉镰无奈发出一声:"嘘,你高兴就行。"
谁让她笑起来是那么美呢。

3.
泰国月夜下的"亲爹后妈"

与小象共处是那样欢愉舒服,有么一刻陈然然心生执念,真想骑着芭提雅象,去全世界流浪。她在兴起之时冲迟冉手中的相机摆了个剪刀手,坐在另一只母象上的尉镰目光追随着她,嘻嘻笑着，用摊开的手掌占据半个画面。

剪刀剪布，加上一个故作委屈的表情，画面定格在晴空万里下的芭提雅，成为他与陈然然初识的美好见证。

傍晚在大家等回酒店的车时，以散步为借口寻找小吃的陈然然在路边拾获两只猫。一只颜色浅黄一只呈乳白色，身上都沾了些尘土，脖子上还绑着项圈，另一端是各自的纤绳。看起来像是不知为何被抛弃的哥俩。

陈然然向来宠爱小动物，蹲下去摸摸它们柔顺的毛发，不由分说将它们牵了回去。

夜里的酒店天台上，陈然然言简意赅却语气坚定地提出要把猫带回国的想法，迟冉花了1个小时都没能劝住她，他不明白，带一只宠物回去就够麻烦的了，为什么非得买一赠一。尉镰这时凑了过来，调侃地摸摸"老白"的下巴（陈然然帮白猫取的名字）："喂，你长得这么威风，要不以后跟着我混算了？"

老白与他似乎没有沟通障碍，发出慵懒的一声"喵"。

忽然有一道炽热的光从陈然然眼里透出来，她像是抓到救命稻草一般猛地握住尉镰的手："从此你就是老白他亲爹了啊！"

见尉镰脸上的表情从洋洋得意变成尴尬无语的样子，陈然然信誓旦旦拍拍他的肩道："放心吧！我也会努力当好小黄的后妈的。"

迟冉满头黑线："你们真是够了。"眼不见为净，晃着脑袋下了楼。

经历数小时脱离地表的飞行过后,两只从未出过国的猫安全着陆。跟约定好的一样,陈然然跟尉镰把它们带回各自的公寓楼圈养。也许是因为离别太折磨又或许是身处异国他乡带来的兴奋感,老白和小黄表现得极其不淡定,在公寓里肆意排泄好多天。陈然然清理得万念俱灰,尉镰则欲哭无泪,两人最终商定:把猫当狗养,每天晚上都带它们一起下楼见面拉粑粑。

满天星辰下,牵着猫在树荫下散步的陈然然和尉镰像一对老夫妻。彼此之间的话题也从"你哪一门科目经常挂"变成"你儿子今天拉了几次""崽子今日乖不乖"等。

遇上考试复习,俩人都将散步一事束之高阁,剩下两只孤独的猫隔楼相望。再见面时,尉镰会轻声对陈然然说:"想你了。"她抬眼看他,眸子清澈透亮,他怔神,继续道:"我家老白。"

陈然然莞尔一笑:"我也是。"蹲下抚摸温顺的喵,甜腻地问道:"是不是小黄?"

空气中飘着些许暧昧,在老白跟小黄的一唱一和中,陈然然和尉镰并肩前行,皎洁的月光将二人和猫的影子拉得老长。

有了老白在身边,尉镰跟陈然然见面的机会越来越频繁,而他也渐渐发现,陈然然和迟冉,似乎并不那么经常见面。每当尉镰好奇问起时,陈然然总会不以为然地回答:"他带团,比较忙。""啊,不知道他今天又飞哪里啦!"久而久之,他便不问了。

他会从新开的甜品店那儿为她打包来香甜的奶酪,会在听见她闷声咳嗽后一鼓作气跑上15楼拿药丸,会在她上楼之后发一条短信让她从窗户往下看,然后站在原地挥舞着双手,用唇语说晚安。

友谊尚未走到天长地久,但总算以平静安稳的姿态把四季转了一圈。

4.
总有"新欢"代替"旧爱"

2011年,冬天来得悄无声息。

公寓楼里的陈然然忽然像发了疯似的,几乎要炸开。她火速冲到楼下与等待中的尉镰碰面,像丢了心爱娃娃的小姑娘般,眼角夹着泪,焦急万分地在他面前哆嗦:"怎么办!小黄不见了!"

老白像是听懂了人间言语,一声"喵"响便一直叫个不停。

两人决定结伴一起从最近的地方开始寻找。抬眼望去,这座9层高的公寓楼是小黄最有可能走失的地方。

可惜往返几次,还是未果,到傍晚时分,天渐渐暗了下来,而小黄依然不见踪影。

陈然然急了,踩过草坪一头栽进尉镰怀里,哭得花容失色。

尉镰左手牵着猫绳,右手竟不知该往哪里放。北风萧萧,他努力强装镇定,右手在半空中缓缓上移,最后停留在她的发端。

认识这么久,两个人还是第一次如此亲密地触碰。

他轻轻拍拍她的头:"不哭啦,再哭就不好看了啊。"

在陈然然紧促而有节奏的哭声中，两个魁梧的身影从璀璨华灯下渐渐朝他们走过来。

是学校领导。他们该不会以为他在欺负陈然然吧？

尉镰顿时手足无措，慌慌张张地继续安慰着陈然然，可终是无效，哭声还在继续，领导们已经来到跟前。他忽然转移视线，把视野专注在抽泣中的陈然然身上。

而吃饱喝足的领导们还沉浸在饭桌上的美味里，根本无暇顾他，只瞥了几眼便调转方向离开。

"刚才的猫肉可真鲜嫩啊……"领导甲说时仍垂涎欲滴。

尉镰抬头望去，只听另一位接着道："新开的店，果然名不虚传哟。"

一种无望感顿然上涌，尉镰收回对他们背影的观望，瞧瞧怀里的陈然然。

还好，她只顾着哭，并未听清。

那夜的尉镰辗转难眠，泪眼婆娑的陈然然就像是一剂咖啡因，深深注在他的心里。

后来私下打听他才知道，原来来者不善，新开的猫狗肉店幕后老板曾因开黑店遭媒体曝光，谁知他不仅不知悔改，还移花接木，卷土重来。

他看着一块块被鲜血染红的案板，满腔悲愤，攥紧的拳头埋藏着深深的绝望。丢失的小黄，恐怕再也找不回来了。

尉镰始终不忍把这个消息告诉陈然然，怕她伤透了心。

陈然然丢了小黄,越发珍惜老白。尉镰看着她和老白一样楚楚可怜的目光,即刻提议:"把它拉去吧。"

老白摇摇尾巴走到陈然然脚边,用柔顺的毛发撒娇似的磨蹭着她的小腿。陈然然心软了,可仍决绝地摇头。

尉镰已经足够爱它,她又何必夺人所爱。

过完寒冬,尉镰从飞机上拉了一只新宠下来。陈然然在初春的早晨收到那只毛色极为漂亮的猫,春困一下子没了。

她把它安置在小黄的故居里,先前她总想着说不定哪一天,它玩儿累了便会回来的。尉镰给猫起了个名字叫"小黄",他说它就是小黄。

即使知道根本不是,陈然然仍然眯起眼睛冲他笑。

5.
悄悄是默契的喧嚣

某个周日下午,陈然然深爱已久的一位美女作家来学校附近的图书馆开签售会,好巧不巧,小黄上午不知乱吃了什么,到了中午居然开始腹泻不止。

签售会还有 1 个小时就开始,陈然然放不下小黄,大颗大颗的泪珠突然像断了的线,止不住地往下掉。

一个人坐在床上不知所措,陈然然刷开空间,指尖跳动,迅疾吐了番苦水。接着往下刷动态,看到尉镰刚刚更新道:"就要去见贝克汉姆了,好激动!"

贝克汉姆啊!陈然然光想想都觉得那场面振奋人心。自她认识尉镰起,他的头像便一直是小贝,从未改变。见到心中偶像的滋味一定很好。

可当转念想到自己,陈然然又泫然欲泣。

叮咚一声,来了新短信。

马上把它带下来。

再简单不过的一句陈述句,来自尉镰。

一束炭火在陈然然心间骤然燃起。随之而来的是欣喜过后的愧疚感。那他的贝克汉姆怎么办?

尽管悒悒不欢,陈然然还是十分配合地把小黄牵到楼下的草坪上。

尉镰早已等候在那里。今天的他特意往头上抹了点发蜡,身上的T恤胸前印着贝克汉姆的头像,短裤像是被精心熨烫过,连平日里饱经沧桑的球鞋都变得那样干净。这已经是眼前这个男孩最精心的打扮。

因为拥有一双炯亮的眼,他在她眼里一直都是那么好看。

尉镰看了看手表,三两步跑到陈然然身边,不由分说便把绳子从她手里牵了过来:"把它放我那儿我看着,你有事就快走吧。"

陈然然半晌才回过神来:"那你的小贝怎么办啊?"

尉镰突然想起什么似的,把绳子递到她跟前:"拿着。"突然脱下 T 恤,一把扔给陈然然。

"你去那儿顺路,记住帮我签个名!"

陈然然怔神。这一刻的尉镰,真的好有魅力。

最终尉镰没有见到小贝,陈然然也没如愿见到那个跟她一样爱旅行的美女作家。

但上吐下泻一通的小黄却不治而愈,陈然然跟尉镰屈膝坐在阴凉的树荫下面,从午后聊到近黄昏。

失去还是拥有,这其实是个见仁见智的问题。

公寓一旦到了夜里,总会添几许苍凉的味道。

闷闷地垂直倒向床,静止数秒,被枕头捂得呼吸难受的陈然然忽然把脸扭向一边,只见小黄端坐在窗台上,望向窗外,孤单的背影让它显得蠢萌蠢萌的。

它竟然也像走失的小黄一样,懂得眺望远方。是不是也在思念老白呢?

正如,她在思念它的主人那样?

陈然然爬起来,轻轻走到它身后。

从这里一眼望去,可以看到对面的公寓楼,尉镰所在的那间房间,灯火通明。有人影在里面走动,她揉揉双眼,发现那个人是熟悉的。

陈然然好像是第一次这样看尉镰。

他在干嘛?

正在走动的尉镰突然不停地跑来跑去,有一团白乎乎的东西一蹦一跳地出现在方格窗户里。

噢。陈然然恍然想起来。一把抱起小黄便往浴室走去。

小黄意识到大事不妙,一边挣扎一边叫。

"乖啦乖啦,咱们好好享受!"

陈然然尉镰爱宠准则第一条:不洗澡的猫不是好猫!

6.
一次以思念为主题的单人旅行

又一个春夏呼哧呼哧地过去,树叶绿了又黄。正经历初秋的陈然然脸上盖着一丝悲伤。

实习期到了,老白要走了。陪在陈然然身边的唯一的尉镰,也要从她身边离开了。

临走之前的一个星期,陈然然不厌其烦,天天到对面公寓对他进行骚扰。他的舍友都已经各奔东西,待在只剩下尉镰和老白的房间,她丝毫不用避嫌。

心不在焉地看着一墙的海报,贝克汉姆冲她爽朗一笑,她眨眨眼睛,回敬了个鬼脸。

蹲在地上的尉镰边倒猫粮边问:"你上哪儿?"

他就要回老家实习了,却并不希望她也回去。两个人一南一北,那种相距遥远的滋味,想想就让人难受。

"留在这里。"陈然然在他身边蹲下来,"我去光阴旅社实习,迟冉在那儿。"

"噢。"

她好久没提起他了。听到那个名字,尉镰只觉得胸口异常烦闷,嘴上却平静得出奇:"也好,起码有他照顾你。"

却不知道陈然然已经习惯了被他照顾。

回头看看,美好时光里竟是两个人一起吃饭遛猫谈天说地的身影,埋首跺脚,心有不甘而又无力挣扎。像现在这样待在一起的时刻不知道什么时候才能再度拥有,或许青春就这样静静散去,没有重复,只有怀念。下一次见面,谁也不晓得会是哪年哪月,也许从此永远背道而驰。

想到这里,眼泪突然就不听使唤地掉了下来。

泪水从来不留人,就像逝去的光阴那样。

尉镰没有因此而留下,在他父母的安排下,登机日期还提前了一天。候机大厅里,陈然然望着尉镰离去的背影,哇一声又哭了。待在身边的小黄目不转睛地盯着老白急匆匆的步伐,喵喵叫得愈加响亮。

归去的飞机划破长空,关于尉镰的青春回忆,即将告一段落。

说再见是件再沉重不过的事,陈然然不知道,她和尉镰,究竟还能不能再见。

那一刻的她不再犹豫不再怀疑,她是那样寂静地爱着尉镰。

尉镰走后,陈然然消沉了一段时间,一个人吃饭遛猫遥望星空，奇怪，这样的日子平静得仿佛他从未出现过。她终于品尝到真正孤单的滋味。

一边挂念故人，一边练习一个人正常地过日子，才可谓孤单吧。

随着实习期的到来，陈然然渐渐收拾心情，很快来到光阴旅社报到。

迟冉成了她的直系上司，工作中有意无意的捉弄变得更加光明正大，一路吵吵闹闹又互相嘘寒问暖，日子过得充实而愉悦。只是在布拉格的花丛中，在印度的泰姬陵，在柬埔寨的吴哥窟里，陈然然总会想起在曼谷相识的尉镰和他们从芭提雅带来的猫，那一颗不再流浪的心伴随着记忆里的笑声与泪水，或悸动，或微颤。

失眠的夜晚，吴哥窟的翻译用蹩脚的中文跟陈然然有一搭没一搭地闲聊，问起："那个一直在你身边的男孩是你的男朋友吗？"说着用双手比划着他的身高。

陈然然知道她讲的是谁，忍不住巧笑倩兮，脑海里浮现出了另一个身影。

想着想着，又开始难过起来。

7.
喜大普奔的芭提雅象

同样是在旅行社当导游助理，陈然然跟尉镰的飞行路线却是天南地北。这对昔日老友,纵使有那么多同在天上齐飞的日子,一年来也从未有过相互撞见的片刻。

夜里清水湾的巴士上面,香港电台正在播放陈奕迅的歌。

"你会不会忽然地出现 / 在街角的咖啡店……"

坐在空旷巴士上的尉镰已经十分疲惫,听见熟悉的歌声后不禁蹙眉,这样的假设情况似乎永远不会在他和陈然然身上出现。

牛郎织女中间隔着一座桥,而尉镰最想掐断的,是存在他和陈然然之间的时差。还有那年流言蜚语里的他。也不知道她和她的绯闻男友,两个人过得还好吗。

从柬埔寨回来,陈然然很快拿到了批好的假条。熬了一夜整理毕业论文,简单收拾了几件衣裳便独自启程回校。

她后脚刚从公交车上下来,便闻到了一阵臭味。皱着眉头,下巴缓缓下移,不祥的预感得到有力的证据,一坨软绵绵的黄金被压扁在地。

"Shit!"

脏话几乎是脱口而出,脸刚抬到一半,嘴型就这样保持住,久违的画面令她瞠目结舌。

那个让她一直魂萦梦牵的男孩就站在一米开外,手上细绳牵着的那只乖乖,可不就是老白!

"你也回来了?"

怔神半响,他说着便朝她大步流星地走来,被烈日晒得黝黑的皮肤把牙齿映衬得愈加洁白,往日俊郎的模样多了点滑稽的味道，她明明是想开怀大笑，顺便骂他去非洲为何不擦点防晒油！可隐忍良久，还是不争气地哭了出来。

与她相关的所有回忆渐渐涌上心头。

原来不是所有东西都能被时间改变，这一刻，面对扑在自己怀里哭泣的陈然然，尉镰的胸口依然隐隐作痛。

等等，"他没来？"

陈然然红着眼睛看他，满头雾水。

尉镰咬咬牙："男朋友。"

关于他的存在，他们一直在一起的事实，尉镰总是假装无谓，却又总是那么在乎。

陈然然敲着脑袋想了很久，就是死活想不出自己什么时候交了个男朋友。

转念一想，尉镰认识的她身边的男孩，不就只有迟冉一个？

许久未见，陈然然即使舍不得生尉镰的气，还是朝他狠狠瞪了瞪眼。

别逗了好吗，见过追女友还债的男朋友吗？见过拿美食诱惑女友就是死活不让她碰的男朋友吗？见过被未来丈母娘当亲儿子般对待还备注"乖宝贝"的男朋友吗？

迟冉，他明明就是陈然然从小黏到大的大表哥啊！

陈然然忽地撞进尉镰怀里，冲他扮了个鬼脸，又像只猫一般蹭蹭他的胸口，埋进心脏的位置听着他的心跳。

声音一下一下地，越来越强烈。

"喏,他来了。"

话音刚落,旋即被卷入一个大大的拥抱。

他是故意给她毫无防备的袭击。

忽而又从口袋里掏出一枚皇冠状的发夹。像陈然然一样闪烁着独特光芒的饰物,是时候物归原主了。

曾经他怀揣着它,走过很多地方,度过许多心心念念的夜晚。

为了坚定地去承认喜欢一个人的感觉,等多些时日,又何尝不值得。

与此同时,芭提雅的象正仰天长啸,发出喜大普奔的信号。

昂……听说一起骑过芭提雅象的人,最终都会幸福哒。

他多么希望时光是一只配有黑板擦的粉笔,
把她过往的无尽心酸都擦得一干二净。

辛德瑞拉不落泪

1.
辛德瑞拉的眼泪不值钱

"来,把手给我,抓紧。"
"喂,喂,抓太紧了,痛啊!"
"放手啊喂——"
"有!没!有!搞!错!"

迟蔚泽的银幕糗状竟然就这样献给了搭档林田田,这让一向以丢什么都不能丢脸为原则的迟蔚泽麦色的脸霎时因为尴尬和愤怒变得通红,猪一样的队友,真是猪一样的队友啊!他快气炸了。

担任本次任务现场导演兼摄像师的高同学站在栏杆外一动不动,脸上瞠目结舌的表情足以反映出这段花絮视频如果出现在校友官网上,将会赚足多少人的眼球。

林田田扑倒迟蔚泽!哇,想想标题都振奋人心!

林田田慌乱地从冰面上爬起来,因为脚下太滑的缘故,她倏地又扑倒在迟蔚泽身上,还不小心扭伤了脚,好疼啊……林田田就这样兀自哭了起来,越哭越凶,身体也随之颤抖。

哎,谁来救救迟蔚泽啊?好像该哭的人是他啊。等等……林田田这是在做什么,难道她不知道这样一直趴在他身上,他会……不好意思吗?!

迟蔚泽开始感到耳根子火辣辣地疼,他赶紧推开林田田,一脸嫌弃地拍拍自己衣服上的泪迹。

"才不到3分钟,点击率竟然过百了。连微博都有人在不停转发。"高同学盯着手机,嘴巴成了"O"字型。

咦?有情况!

迟蔚泽和林田田不约而同地秒速脱掉溜冰鞋,直接朝高同学跑去。

高同学正刷着微博评论,最新评论是年级里出了名的长舌女黄琪:"什么啊,她真以为自己是辛德瑞拉啊。"

叮咚一声,有人跟风附和起来:"辛德瑞拉的眼泪,难道现在就不珍贵吗……"

此时林田田的哭声戛然而止,她泪眼婆娑地看了眼迟蔚泽,没想到来不及找高同学算账的他点点头,嗤笑一声道:"你这个辛德瑞拉的眼泪,确实不值钱。"

这明摆着欺负人啊!林田田哭声再起,且更加延绵不绝了!

2.
你才是猪,你家就是一猪圈

林田田成为迟蔚泽的搭档,这是迟蔚泽本年度最后悔之事。

迟蔚泽和林田田所在的表演系接到任务,将灰姑娘辛德瑞拉的故事翻拍成一部微电影。一向以俊美外表和精湛演技赢得导师们青睐的迟蔚泽不出意料地成了白马王子的最佳人选,最终角色敲定,灰姑娘却迟迟找不到人选。

表演系的美女恒河沙数,可惜往常出镜率颇高的几个美女个个喜欢浓妆艳抹且演惯了搔首弄姿的坏女人角色,要在学生观众面前转型实非易事。正苦恼之时,林田田恰巧从走廊里经过,脚上穿着一双水晶鞋,闪闪发光的鞋子一下子引起了迟蔚泽的注意,这时林田田转过身来,恰有一阵微风吹过,她的百褶裙微微起舞,素颜甜美的模样令迟蔚泽惊喜不已,他暗自揣摩:就向导师推荐她了。

开始排练后迟蔚泽却叫苦连天,真是人不可貌相啊!排练在舞池跳舞的那场戏时,从无跳舞经验的林田田足足踩了迟蔚泽七七四十九下。区区一踩就已经让她在迟蔚泽心中的形象大减分,频频 NG 后,林田田在迟蔚泽心中的印象分直接成了负数!可这完全不能改变她是这部微电影的女主角的事实,因为前面的戏份她的演出一度受到导师好评,临时换角根本不可能,于是导师大胆提出:"既是翻拍,就要有创新。不如我们稍稍改下剧本,把跳舞这段变成溜冰吧。"

辛德瑞拉不去跳舞去溜冰?!尽管男女主角都对此无比汗颜,但还是无法阻止想象力超人的导师将剧情由王子送辛德瑞拉水晶鞋直接改成送溜冰鞋的大胆创新。

林田田不会溜冰,虽然感到恐惧,但她还是想把握这次机会,只是费心教了许多遍的迟蔚泽终于失去了耐心,因为林田田总是哭。

其实林田田为此也感到十分抱歉,她不会跳舞也不会溜冰,但她真的想练好演好……想了整整一夜,第二天排练时,她抱歉地看着迟蔚泽用纱布裹住的右脚:"对不起,这场戏那么重要,我却总是学不会,还连累你受伤,我想过了,既然没有能力,就不该占着这个角色不放,我已经向导师提交了申请,决定退出这部戏。"

听到这,迟蔚泽的心里咯噔一下。他没想到林田田会自责到做出这么大的决定,眼里明明写着舍不得退出,却还死撑。可是,这好像轮不到他关心吧?

"那……就好聚好散吧。"

这个词,听着怎么那么别扭?又不是分手。林田田眉尖微蹙,可见总是对她大呼小叫的迟蔚泽突然伸出手来以示友好,她还是礼貌地握了过去。

"呀,你不也受伤了吗?"迟蔚泽低下头的那一瞬才发现林田田的左脚上裹着厚厚几层纱布。

林田田摆摆手:"没事没事,很快就会好的。"转身想离开,怎料撞上匆匆赶来的高同学,噗一声又将其扑倒在地!

"哎,猪啊你!"迟蔚泽跑过去拉起林田田,看见面红耳赤的高同学,心里嘀咕:"真是的,这大个子慌张什么。"

林田田倒是没注意那么多,刚刚倒下的一瞬间,她可是听见迟蔚泽在骂她。她厌恶地甩开他的手,她撅起嘴反击:"你才是猪,你家就是一猪圈!"

3.
最美的辛德瑞拉,满血复活!

"你们俩别吵了,林田田,我找你是有正事呢。"高同学笨拙地从地上爬起来,掏出手机递给林田田,脸上旋即露出喜悦的表情。

林田田看得一愣一愣的,接过手机,看见屏幕上显示着一个名为"选出你心目中最美的辛德瑞拉"的投票活动,各系校花的照片赫然显现在上面,而她惊讶地发现:第一名……居然是自己!

一头雾水的她指着手机问高同学:"这是怎么回事?"

高同学嘻嘻地笑着:"你不知道,昨天看见我发到网上的花絮视频后,黄琪和迟蔚泽的一些铁杆粉丝都不服气,她们自发搞了个投票活动,本想挫挫你的锐气,没想到结果出人意料!哈哈,林田田,很多人看了你前面的感情戏,都大为赞叹呢。"

迟蔚泽也把脑袋凑了过来,看到投票结果,嘴角忽然扬起一抹稍纵即逝的笑容。

"看来大家都觉得你比较适合这个角色呢。"迟蔚泽看着林田田,呵呵干笑了两声,却被她白了一眼:"我怎么嗅到一股不怀好意的味道?"

一场舌战看似又要开始,高同学忙打岔:"啊,导师来了!"手指胡乱指向身后。

两人寻声望去,蓦地,异口同声地喊了句:"导师好!"

高同学不可思议地转身,不是吧,见鬼了……

年过半百却似老顽童的导师嘿嘿地笑着走来,拍拍林田田的肩道:"小田啊,你不能退出啊,学生们对你的呼声太高了,网上的投票活动我都看到了,你还是留下来吧。"

无意中,导师看到迟蔚泽和林田田脚上的伤,"呀"了一声说:"都受伤了啊?看来这场溜冰的戏得压到最后拍了,先拍结局那场试鞋的戏,你们俩还OK吗?"

真是盛情难却啊……林田田咬咬嘴唇犹豫着，迟蔚泽却自信地点点头："我当然没问题。"

这小子……输人不输阵，豁出去了！林田田瞥了瞥迟蔚泽，"我也没问题。"最美的辛德瑞拉，满血复活！

导师心中暗喜，就知道自己没选错人。

4.
我做鬼也不会放过你的

剧本中最重要的水晶鞋被改成溜冰鞋的这一大变动，导致已有丰富校园拍摄经验的迟蔚泽频频笑场，托举着拍摄器的高同学终于不耐烦了："迟蔚泽同学，麻烦你尊重一下我这个体力劳动者好吗？"

坐在椅子上的林田田一见高同学边说边擦汗的滑稽模样，噗嗤一声笑了起来，迟蔚泽也笑得不亦乐乎。

高同学一声响亮的"Action"刚喊出，两人又立马投入了状态。迟蔚泽轻轻抬起林田田细长的脚丫，深情地望了她一眼，然后低头，慢慢为她穿上一双精致的溜冰鞋。

此时此刻，迟蔚泽变得无比温柔，他抬眼，深邃的眸子望着林田田，她不得不承认，那一瞬间，她的脸似火在烧，整个人好像丢了魂。

"啊，没错了！"迟蔚泽惊喜地叫起来。

他单脚跪地，牵起林田田的手，微微低头，亲吻了一下。

当然，是假装亲吻。

他继而说到："这一次，我再也不会放你走了。"

请原谅在这么关键的时刻，林田田出戏了。她忘了她是辛德瑞拉，忘了迟蔚泽是王子，因为当听见这突如其来的表白时，林田田的心，狠狠地颤了颤。

这种感觉持续了多久呢？没有人知道，但她自己清楚。当高同学喊出那声"咔"之后，迟蔚泽在她面前露出了爽朗的笑容，而这笑容，又一次击中了她的心，只是这一回，是微微疼痛的感觉，因为她又回到了现实里面。

"我做鬼也不会放过你的。"迟蔚泽兀自补了句对白，用戏谑的口气说完后这家伙开始捧腹大笑。

"怎么样？我的演技 OK 吧？"迟蔚泽自信满满地冲林田田挑了挑眉毛。

"啊，"林田田晃过神来，"不错，不错……"怯怯地撑出两声笑声之后怕被识破，又补上一句，"不过比起我，还是差了那么一点。"

迟蔚泽却不以为然，"今天心情好，请你去喝一杯吧。"话音未落已经转过身去，快步走向高同学。

"呼。"迟蔚泽松了口气，真是见鬼了,刚刚怎么心跳那么快？

5.
多么希望时光是一支配有黑板擦的粉笔

海风微微地吹,一轮明月高高挂起,夜空里零星散落着晨星。迟蔚泽已是这家海边露天咖啡厅的老顾客了。

"好美啊。"林田田抬头看着满天星光,露出了甜美的笑容。

迟蔚泽看着面前的她,仿佛回到了他第一次见到她的时候。

"好好喝啊。"林田田抱着一杯特调卡布奇诺,连连赞叹。

迟蔚泽哭笑不得,故意挑逗她:"敢问村姑是几时来到城里的?"话刚说完他立刻就后悔了,林田田居然玩起了明枪暗箭,在桌子底下偷偷踩了他一脚。

"啊——"毫无预兆的叫声传来,迟蔚泽看见林田田正抱着自己的脚,表情突然变得极其痛苦。

他慌慌张张地跑过去,紧张兮兮地问:"怎么了?是不是那一脚用力过度啊?"

可林田田已经疼得无力回答他,他分明看见她的眼里早已噙满了泪水。

顾不上那么多了,迟蔚泽蹲下去,把林田田的左脚平放在自己的腿上,然后轻轻地帮她脱掉鞋子,脱去袜子,想看看是不是受伤了。

这一看,却叫他顿然语塞。她的脚长得似乎……有点奇怪。

兴许是迟蔚泽眼里的惊愕让她的自卑感汹涌而至,她强忍着泪,迅速穿上袜子,别过脸去,任由疼痛继续也只咬紧牙关,不再喊叫。

"怎么会这样?"迟蔚泽从未想过,模样甜美可人,身材姣好的林田田,她的左脚竟然是这样子的。

林田田没有回答他。

迟蔚泽不再追问,他把自己的椅子搬到林田田身旁,坐下,安安静静地看着她。

过了一会儿,林田田的背开始一下一下地颤抖着,微微的抽泣声传来,迟蔚泽莫名有些心疼。他轻轻拍了拍林田田的背,语气蓦然温柔不已:"别哭了,我在这呢。"

林田田不知道这句话是什么意思。因为你在,所以我不能吵到你?还是因为你在乎我,所以我没有理由哭?但林田田还是渐渐止住了哭声,慢慢转过头来,看着他,神情是那么令人怜悯。

"我小时候就得了这种病,永久性肌肉拉伤引发的踝关节错位外加三级病理性跟腱撕裂。"

"治不好了吗?"

林田田点点头:"这辈子都不会好了。"

顷刻间,迟蔚泽只感觉胸前有股热浪在沸腾着,他很想要知道:她过去究竟经历了什么。

"他说过会回来找我的,他真的说过,但自从他走了之后,就再也没来过。"她像是在自言自语。

"谁?"

"我爸爸。"林田田望着安静的夜幕,脸上是云淡风轻的表情,"我7岁那年,他的公司休假,便从国外回来看我和妈妈,但是身边多了一个蓝眼睛的外国阿姨,他们一起跟妈妈在家里吵架,爸爸说,他还会回来看我的,一定会,还和妈妈一再保证,他绝不会丢下我不管,可后来,蓝眼睛阿姨拉着爸爸的袖子走下楼梯,走出门口,就再也没有回来,当时我哭着追了下去,却不小心摔了个踉跄,从楼梯上一直滚下来,最后,我的左脚就变成了今天这个样子。"

世界恍然之间安静了。

过了半晌,迟蔚泽才开口打破这份沉寂:"对不起,我这个人不善于表达,也不知道该怎么安慰你。"

林田田望着他,释然一笑:"没关系,不善表达,总好过滔滔不绝却全是谎话。"

迟蔚泽从这言语中听出了一种死灰般的绝望,他不知道这些年她究竟承受了多少苦难,才有如今这番念想,他多么希望时光是一支配有黑板擦的粉笔,他想把她过往的无尽心酸都擦得一干二净,然后把他的名字,写在她的心上。

这天晚上,发生了比"林田田扑倒迟蔚泽"更爆炸性的新闻,可惜高同学不在,噢不,应该是庆幸才对,否则学校又将沸腾了。

没有人能够忍受听见"迟蔚泽深更半夜背林田田回家"这个

消息而不立即"喷血",但当时的画面确实让人浮想联翩。

尽管林田田一再谢绝迟蔚泽的好意,他还是坚持不能让她独自打车回去,看着迟蔚泽背对着她半蹲下来的姿态,林田田是发自内心地笑了。她还是第一次看见他有如此滑稽的一面呢,但也是第一次,她觉得他那么体贴。

迟蔚泽背着轻盈的林田田走在香樟小路上,彼时两个人的心里,泡满了温馨。

6.

我请她去麦当劳喝咖啡,一直续杯到很晚

溜冰场的戏再次开拍时,高同学一直抱着打破砂锅问到底的精神对林田田穷追不舍:"究竟他请你喝什么需要喝那么久?为什么我在 QQ 里传视频给你看可你迟迟没有接收?"

林田田被问得尴尬,又实在不好意思回答,索性一直沉默着,迟蔚泽只好替她解围:"我请她去麦当劳喝咖啡,一直续杯到很晚,你连这个都要知道吗?"

当四肢发达却心思细腻的高同学看到迟蔚泽说完这句话后和林田田一起趴在栏杆上笑得忘乎所以时他发誓这两个人要是没有"奸情"他就不姓高!可为什么当涌出这个义愤填膺的想法之后,这个心灵受到创伤的大个子好想哭呢。

虽然这场戏的男女主角脚伤均已恢复，但林田田始终无法抵抗内心深处的恐惧，一直学不会溜冰，导师也没办法，只好借来一只大滑轮当道具，让他们两个站在上面，由高同学利用角度拍摄，营造出两个人真的在溜冰的画面感。

站在滑轮上，底下由溜冰场的工作人员帮忙推动着，林田田和迟蔚泽前面的戏份一直演得非常好，表情动作也十分到位。

"咔！"高同学一声令下，大家纷纷停了下来。

"迟蔚泽，你为什么一直不吻林田田？"高同学一脸的不爽。

迟蔚泽和林田田两个人互相对望，同样满头雾水："在这场戏里，王子有亲吻辛德瑞拉吗？"将信将疑的语气，抱歉童话故事他们早已记不那么具体了。

高同学拿起一旁的剧本在半空中晃了晃："你以为我想啊，导师改的剧本里就是这么写的。"嘴里轻声呢喃，"该死的迟蔚泽，这次真便宜了你。"他想了想，又觉得不甘心，于是走到场中间，让迟蔚泽从滑轮上下来，由他这个摄影师来示范如何借位拍吻戏。

"走开一点，别影响我发挥。"高同学摆摆手，瞟了眼迟蔚泽。

迟蔚泽嗤笑一声，退了几步。

高同学一手搭在林田田的肩上，一手抱着她的腰，接着慢慢地低下头去，满目深情。当然，这是他自己脑子里浮现出的词汇。

他的脸开始靠近林田田，靠近，再靠近，就这样看着林田田几秒之后，他悄声告诉她："林田田，我发现我喜欢上了你。"

林田田尚未来得及反应，高同学的大脸又往前凑了凑，这让她感到危机重重，甚至喘不过气来。不经意间，她从余光里看见高同学身后的迟蔚泽，慢着——他的脸上为什么写满欠揍的表情？

"够了！"迟蔚泽突然拉开图谋不轨得十分明显的高同学，"我懂了，各就各位。"

高同学措不及防地看了看迟蔚泽，又回头看着林田田。她在心里大大松了口气，脸上挤出一抹牵强的笑容，"呵呵，快各就各位吧。"

这一笑对高同学的打击太大了！这算是他见过的最不在状态的拒绝吗！

7.
丘比特啊，请原地满血复活

"Action！"

大滑轮慢慢滑动起来，迟蔚泽看着林田田，此刻的她脸颊绯红，眼眸灵气逼人，他情不自禁地赞叹："辛德瑞拉，you are so beautiful."

然后，他吻了她。

"孺子可教也……咔！杀青了！"高同学满意地将视线从镜

头里挪开,对他们摆了个"OK"的手势,然后按下摄影机的按键,开始回放方才的画面。

一遍,两遍,三遍过后,他十分肯定:迟蔚泽真的吻了林田田怎么可以!迟蔚泽这个小子……啊?人呢?!

不料迟蔚泽早已拉着林田田的手跑开了,他们早就约定好,等这场戏一杀青,他们就去海边吃烧烤庆功。

在这场庆功会里,凡是有出演这部戏的人都来参加了,连导师也气喘吁吁地尾随而至,平常拍摄的时候这个老顽童总是以忙为借口缺席,唯独庆功这样的好事决不会错过。至于高同学,导师已经派人去通知他来参加了,可是赶到时还有没有东西吃,这个没人敢保证。

"你刚刚……什么意思啊?"并肩坐在沙滩上,林田田瞪了迟蔚泽一眼,"干吗假戏真做占我便宜?!"

迟蔚泽委屈不已:"我是为艺术而献身。"

林田田不服:"你耍流氓。"

迟蔚泽看着她生气的样子,电光石火之间,想起了他们第一次在溜冰场的时候,他让她拉着自己的手,可是笨笨的她抓得太紧,害得两个人一起摔了个"狗吃屎"!

他叹了口气,自己是什么时候喜欢上这个"笨脑袋瓜"的呢?也许就是从那时候开始吧。说来,这个秘密他也藏了好久了呢。

"喂!迟蔚泽,我在跟你说话你听见没有?!"林田田撞了撞他的胳膊。

迟蔚泽转过脸去看她，云淡风轻的表情与面前纳闷赌气中的可爱脸孔形成鲜明的对比："放心吧，我会负责的。"

林田田顿时恼羞成怒，抡起拳头扫了过去。然后就这样眼睁睁地看着迟蔚泽脸上的笑容渐渐消失，最后整个人晕倒在沙滩上。

林田田忽然意识到自己下手太重，连忙十指交叉作祷告状，闭上双眼，朝着大海呼喊："东海龙王啊，救救他吧。"

睁开一只眼，见迟蔚泽依然一动不动，她又重新调整好姿态，虔诚地祷告："丘比特啊，请原地满血复活。"

换了个神仙，果然奏效！

迟蔚泽苏醒过来后，第一件事却是揪起林田田的衣领夺命而去——"哎呀"！高同学来了，丘比特隐身，天下有情人们，还不快开溜。"

第三章

等待是沉默的告白

时光记得那句，

没有关系，

我等你。

——题记

如果彩霞会说话,请你替我告诉他,
不要忘了快回家,我在等,等着他。

夕阳伴我等着他

夕阳西下,林渺渺坐在海岸边的石坎上,怀里抱着两罐焦糖布丁,就这样等啊等。

这是第几次这样默默等着洛枫并且是毫无怨言的呢?

她只记得第一次在这里等他,是3年以前。

高一的时候,林渺渺的家庭生活有些拮据,她开始想要在网络上卖一些东西。

她学会了烹制布丁,于是买来一些小玻璃罐,用来盛放做好的布丁,将做好布丁的照牌放到网络相册,卖给学校里的同学。别人想吃了就会告诉她,林渺渺放学回来便开始烹制,第二天一早再带到学校里。

洛枫是通过其他同学得知林渺渺的布丁的，同学拿着小玻璃罐诱惑他说焦糖布丁很美味，洛枫动了心，他一向偏爱甜食。

接到洛枫电话的时候林渺渺正在回家的路上，她"啊"了一声，不好意思地问他如果顺路的话能否到海边来找她，她就在那里等。因为同学请假，布丁还剩了两罐。

洛枫比林渺渺高出一个头，看着眼前的小矮人手忙脚乱地从书包里翻出布丁，然后用她顾长而又消瘦的手递给他时，他其实是想笑的，可忽然那么心疼。

自那之后洛枫常常光顾林渺渺网店，零用钱多的话几乎天天都会吃到她亲手做的布丁，日子长了，林渺渺还给了他特有的福利，花一罐普通布丁的钱却能吃到焦糖布丁。

他们只在海边交易，坐在石坎上，洛枫边吃边对她的手艺赞不绝口，她因此满心欢喜。

一天放学，林渺渺接到洛枫的预订短信，她照常在海边等他。从下午4点到4点半，从4点半等到6点。这个时间高三的同学已经开始晚自习了，他还没来。

听见洛枫和一个女生清朗的笑声时林渺渺正面朝晚霞向海里扔小石块，她有些错愕地转过身，确定真的是洛枫后一个人灰溜溜地躲到了石柱子后面。

他踩着脚踏车，身后载着一个漂亮的女生。

她默不作声，悄悄地看着他们嘻嘻哈哈地从她身边经过，但对她的存在毫无察觉。至今想起那样一副画面，林渺渺都忍不住微微蹙眉，她能够想象得出那一刻的自己出现在画面当中，是多么突兀，多么违和感。

后来洛枫依然若无其事地找林渺渺买焦糖布丁，只要他想吃，她便会带着满腔的热情给他做，这种阵势连她自己都觉得夸张，夸张到似乎逾越了买卖双方只存在利益关系的界限。

但是甜食始终是甜食，吃久了也会腻，即使年级里传出洛枫和那个女生有暧昧关系的话题，他没提，林渺渺也假装毫不知情，即使他还是跟那个女生不避嫌地走在一起甚至请她吃林渺渺做的布丁，他还是在高三的时候突然提出："布丁太腻了，我要走了。"

为什么非走不可呢？

他们班的同学说，学校体检时洛枫被查出得了糖尿病，往日里他的妈妈每天都看他带着布丁回去，又恼又怒，现在已经帮他转到外地的学校了。

林渺渺听说，那个女生后来也跟着去了，也许她真的很喜欢洛枫吧，林渺渺怎能跟她比？

连一句喜欢都说不出口的人，怎敢奢望得到眷恋。

林渺渺的习惯怕是再也改不掉了，每天放学她都会踩着脚踏车来到海边，抱着两罐布丁，默默地等。

因为学业繁忙的关系，她也已经不再捣鼓布丁的生意，只是偶尔还会做上几罐焦糖布丁,拿去送给孤儿院的小朋友们。

彩霞映照在她的脸上,她往嘴里舀了一口焦糖布丁,忽然产生怀疑,这是甜的吗?

怎么她觉得,味道酸酸的呢。

只愿你能够一直相信,所有你现在看似不可能的东西,
时间都会将它变成可能。譬如放下,重生。

冬梅至爱,初秋摩西

1.
摩西不就是阿梅最好的前车之鉴

摩西从未如此渴望停下。
　　火辣辣的夏天,两个女生在大街上晃荡了很久,最后还是被欢乐迪KTV好心收容。摩西不知道,阿梅的免费券都是从哪里得来的,她总有那么大的本事占到人家的便宜。
　　唯独林木的便宜,阿梅再怎么努力也霸占不了。
　　摩西拖着被太阳晒得干瘪的身体瘫倒在沙发上,眼睁睁看着受了刺激而越发精神的阿梅点了一首又一首伤心情歌,站在屏幕

前尽情发泄,就是始终不肯哭出来。

如果阿梅能够哭出来,她就不用每天陪她在这座城市绕圈了。

失恋的人大过天。摩西憋了很久,始终不忍告诉阿梅,被林木甩,不算什么苦痛。

背靠着沙发,回忆如水一般在她眼前逐渐淌开。

摩西跟男朋友赵子添在一起庆祝生日的时候,阿梅哭着打给她:"林木把我们的纪念日忘了……"

两对情侣开包厢聚会,歌瘾大起的阿梅唱到一半,林木突然说要独自回家睡觉,那晚阿梅在莫文蔚歌声的麻痹下喝得烂醉,最后还是摩西让赵子添带她回的家。

而即使是分手,林木甚至都不愿面对面告诉阿梅。

他不念半点情分,在电话那端平静地应对摩西的质问:"你又不是不懂她,我多怕她纠缠我。"绝情得令人心寒。

林木究竟爱没爱过阿梅,只有他自己清楚,相比之下摩西只关心还爱着林木的阿梅,此刻怎么撑下去。

只要度过这段难熬的岁月,生活仍旧能够以美好的方式继续。

摩西不就是阿梅最好的前车之鉴。

有些人的初恋极其狗血,有些则纯净热烈,而摩西当初,爱得可算狼狈。

男生最开始追摩西,曾用尽各种方法出现在她面前,操场上,走廊上,还有女厕所门口,所有她一天当中会到达的地方他都率先抵达,阴魂不散里充斥着的那份坚决使他最终抱得美人归。

摩西的初恋在阿梅眼里是个大坏蛋，她说她妈会看面相，男人好坏她一眼就能看出来。摩西曾以为阿梅只是开玩笑，直到后来被甩，她才从天真的笑声中走了出来。她不哭也不闹，只是常常默默地，低着头走路，一步一步，失魂落魄的样子就像世上从来没有阳光，一大片雾霾成日在她头顶上掩盖，平静得让人心疼。

那一个月，是阿梅认识摩西以来见过她最不像她的一个月。小城里从不下雪，摩西走在寒冷的风里却好似被雪覆盖。

阿梅曾伤心地以为，摩西从此走不出来。

2.
送走亡命徒，迎来救世主

初恋说出分手的那一刻，他的屏幕突然弹出一个窗口——大大的"GAME OVER"渐渐浮现，昵称为"亡命徒"的游戏人物死亡了，年少的爱情在青春的威逼利诱下宣布夭折，美丽的摩西站在烟雾笼罩的网吧里泣不成声。

杀死"亡命徒"的人昵称叫"救世主"，彼时正坐在摩西初恋对面的大男孩。

刚刚参加完高考的赵子添只是来网吧放松心情，本着怜香惜玉的美德把对面的王八蛋顺便教训一番。英雄救美，这老套的小插曲让赵子添尝到一丝快感，不料摩西哭得更凶了。

她十分清楚，游戏结束，初恋便会离开网吧，马不停蹄赶去三中等一个乳臭未干的小女孩，她有着摩西装不出来的可爱，从照片里无邪的笑容就足以见得。

赵子添怎么也想不到，王八蛋跑了，而这个看似柔弱的女孩会登陆她的游戏账号添加他为好友，她还有个霸气十足的昵称——"QUEEN"。

赵子添怎么看都不觉得泪眼婆娑的摩西像个女王,初次见面，她在他眼里分明就是个令人心疼的公主，这也是为什么他心生执念，在之后的交往里无时不刻都要把她捧在手掌心，一心一意。

摩西没有想到阿梅深爱的林木会重走当年那个王八蛋的路，他爱没爱上另一个人，她们都不知道，但他离开阿梅了，是真的。

她心爱的阿梅啊，林木说拥有就拥有，要丢便丢。

可惜会看面相的阿梅妈妈，到现在也没能将阿梅的桃花看个准来。

2010年的夏天，赵子添尚未在摩西的世界里登场，阿梅突然在她眼前凭空而降。当时摩西抱着要比她的手臂粗好几倍的游泳圈挣扎在泳池里，阿梅穿着性感的比基尼，以优美的姿势从跳台上噗通跳到她面前，溅起的水花喷了她一脸，阿梅从水底下探出头来，嘻嘻朝她笑说："哎呀，差点闹出人命来了。"

阿梅爱闹，突然把她的游泳圈拿走，有模有样地学起长辈指指她的鼻子道："围着个圈圈你永远学不会游泳。"阿梅没心没肺的样子把她看呆了，等她反应过来的时候，人已经沉入了水底。

第一次见面，害摩西的是阿梅，救人的也是阿梅。两个人自此成了生死之交。

阿梅不像摩西那样规矩，她的欢喜忧伤总是写在脸上，但摩西十分清楚，越是表面阳光的人，一旦受到伤害，就越难推开眼前的阴霾。

阿梅失恋半个月，摩西终于以"急性肠胃炎"的借口请到一周长假，她做了详细计划，兼职6天，拿到酬劳就带阿梅看演唱会。

香港天王谭咏麟周末即将在小城中心体育馆开唱，摩西的积蓄只够买一个人的普通票，而阿梅曾与她约定，这辈子至少要与她去看一次演唱会，还要坐在VIP坐席。

摩西瞒着所有人，在城市繁华的小吃街做起临时酸奶促销工作，穿着卡通棕熊服装的摩西在烈日暴晒下汗如雨下，右手拿着大罐酸奶瓶，因为对着装的不习惯导致酸奶瓶频频掉落，再捡起，继续不停晃动右手吸引人群。

世人皆爱热闹，学生放学的高峰期，围观的人越来越多，摩西臃肿的伪装被童心未泯的同龄人摸了又摸拍了又拍。

耸动的人群里，有个人忽然被撞了出来，跟跟跄跄地在她面前当了3秒钟的不倒翁，然后傻傻朝她笑，走上前，轻轻摸了摸她的鼻子。

摩西怔怔站在原地，差点就要逃走，转念想起这笨重的外衣又很快恢复镇定。

他根本认不出她，所以那些怕他生气，怕他因为心疼而阻挠她的想法便都成为泡影散去。

工作结束，距离门禁约定还剩2个小时，摩西饭都顾不上吃，匆匆跑去街角的水果摊与赵子添碰面。

他正在帮爸妈收拾摊位，趁他们把水果搬上车之际，摩西飞奔过去，一把抱住赵子添。

他喜出望外，把摩西拉到旁边的巷子里。她像个失宠的小孩，紧紧抱着他不放，抬眼看他，小心翼翼地问："阿梅放学没问什么吧？"

"当然有啊，"赵子添作势敲了敲她的脑袋，"我跟她说你妈喊你这几天早点回家，其实我也很好奇，你到底给她准备什么礼物？那么神秘。"

摩西只嘻嘻笑，不肯透露半句。赵子添也不多问，手上不知何时多出了个水蜜桃，在她眼前不停地晃呀晃。

他的口袋时刻装载她的最爱。

瞄准目标，摩西一口咬上去，好甜，像极了空气中弥漫的爱情味道。

3.

如果痴痴地等某日终于可等到一生中最爱

6天时间过得充实而飞快，雇佣方爽快地把牛皮信封交到摩西手上,她清晰地感觉到信封厚度,闭上眼睛,谭咏麟的笑容赫然出现在眼前。

"哪。"

当摩西把演唱会门票一手拍在阿梅书桌上的时候,她尚未从数学课上的美梦中完全苏醒过来,对着摩西就是一通指责:"这么多天不见人影,你到底干什么去啦?"

摩西只嘻嘻地笑,而紧接着把目光转向门票的阿梅,愣了10秒后冲着她就是一通狂吻。

不管怎样,她终于帮阿梅达成了一个心愿。

两个站在体育馆前的女孩激动万分地牵紧彼此的手,那一刻阿梅下意识地抛开所有不欢愉,千言万语化作一个默契的眼神,然后双双用震天动地的喊叫声刺穿整个舞台。

"轰"的一声,烟花炸开,火光四射,谭咏麟穿着耀眼的演出服出现在舞台上空,带着灿烂的笑容跟底下一大片壮观的荧光棒挥手问好。

阿梅噙住多时的泪水瞬间飚了出来。

摩西最见不得阿梅哭了,而偏偏第一首火爆劲歌是在她们的泪光闪烁中开始和结束的。

这位不老男星尽情地演绎着一首首经典情歌,中场的时候,全场响起了摩西再熟悉不过的伴奏。

他的那么多情歌里,唯独这首最深入她的心。

如果痴痴地等某日终于可等到一生中最爱

谁介意你我这段情每每碰上了意外不清楚未来

何曾愿意 / 我心中所爱 / 每天要孤单看海

宁愿一生中都不说话都不想讲假话欺骗你

留意到你我这段情你会发觉间隔着一点点距离

无言地爱 / 我偏不敢说 / 说一句想跟你一起

摩西莫名很想念赵子添。

谭咏麟边唱边走到舞台右边,微笑着把话筒递给前面的观众。视线随着涌动的人头望去,挂在摩西嘴角上的笑容戛然而止。

咫尺之外的坐席上分明是她的男朋友。邻座的女生突然递过去一只荧光棒,他别过脸来朝她笑,脸上灿若星光。

为什么赵子添会出现在那里?这个时间他不应该正在做功课吗?

整整一首歌的时间,他对她的存在毫无察觉。

摩西已经无心听歌,有好几次她看着他,想要过去,但都在他和旁边女生看似愉快的聊天中生生掐灭了念头。

她没有想到有一天他会这样让她吃醋,在她最想念他的时候。

一眨眼的功夫,赵子添不见了踪影。

手机铃声忽然像受了魔咒似的不停响起来。摩西瞟了一眼屏幕,咬咬嘴唇,这个时候想起她来了。

"你在哪儿?"

她一边捂住耳朵一边朝他喊:"要你管!"

电话那头声音太过嘈杂,他根本听不到她的回答,继续说道:"我送水果来体育馆,他们工作人员请我看演唱会,你来吗?"

"哇,摩西你快看!"

在阿梅的催促下她只喊了句"不了"便匆匆挂断电话。10分钟后,赵子添又出现在她的视线当中。

接下去的演唱会他好像看得并不投入,脸上的笑容也再没出现过。

摩西有点不忍心,又不想把受伤的阿梅晾在一旁,于是每听完一首歌就偷偷看他一眼。

她多么熟悉的赵子添啊。就连黯然神伤的表情都那样拨动人心。

演唱会在一曲淡淡悲伤的《说不出再见》中结束,矫健的赵子添一溜烟就挤出门口跑回店里,拖着疲惫的身体回到家中的摩西打开手机,发现一则未读彩信。

是谭咏麟在演唱时的屏幕掠影,写着"一生中最爱"。

不知道赵子添什么时候拍下来的。

突然觉得,一切温暖如初。

4.
阿梅，我想有一天我会嫁给他

也许是借着演唱会笑完了哭哭完了笑的劲儿释放了许多压抑情绪，那晚过后，阿梅对林木绝口不提。

从前因为阿梅身边有林木，摩西跟赵子添即使公然在他们面前表现得腻腻歪歪也毫不避忌。而现在，摩西郑重其事地与赵子添约定：只要阿梅在，两个人举止就不能太过亲密。

阿梅看在眼里，心知肚明。

烧烤摊上，阿梅举着一瓶啤酒摇摇晃晃："摩西，你知道吗，我其实挺感激赵子添的。"

缕缕烟雾将她的眼眸映衬出几分迷离："真的。谢谢他，把你照顾得那么好。"

赵子添有多好，摩西一直都知道。

就着炸鸡和啤酒，摩西幸福的心情溢于言表。

"阿梅，如果可以就这样一直走下去的话，我想有一天我会嫁给他。"

简简单单，一心一意，不就是最美好的爱情？

情不自禁想到林木，阿梅嗤笑一声："而我过去怎会这么傻呵。"

她笑自己也许是前世无德，今生才没那个福气。摩西忧伤地蹙了蹙眉："才不是呢。"

路旁昏黄的灯光下不知何时站着一个俊朗的身影，迷迷蒙蒙地，借着几分醉意，她指着他，接下去道："只是时候未到。"话音未落便倒在桌上。

而她方才誓言愿意嫁的那位，几乎是飞奔到她身旁的。

阿梅对他的出现毫不意外："她醉了，你送她回去吧。"

事实上，她也醉了，硬撑出来的却是越发的清醒。

赵子添身高一米八多，由于在学校经常打球，在店里常帮忙搬抬水果的缘故，练就如今不可小觑的力气。他轻而易举便将摩西背到身上，继而拉起阿梅的手："走，顺便送你。"

以阿梅与摩西的交情，不至于互言妒忌，但当他的手碰到她，一束电流自她的手心蔓延到脑袋里，她紧紧握住它，任由他牵着自己往的士的方向走去。

那一刻再说不妒忌，恐怕也只是自欺欺人罢了。

她放弃了副驾驶的位置，愣是跟着他们挤进了后座。

车子发动，赵子添试图将手从阿梅手上抽离。

她脑袋一热，反而用力握得更紧。

赵子添再去看她，她早已闭上了双眼，把脸转向窗外。

泪水顷刻间沾湿睫毛，悄无声息流了下来。

赵子添纵使不情愿，但他同摩西都深深明白，现在的阿梅太脆弱，她需要一个温暖的被窝，好让她暂时躲一躲。

在感觉她已经睡着之后赵子添轻轻抽出手，默默把它安放在摩西的手上。

再过一阵子，她就会好的。

这样明显的一个举动,已经不用他再多说。

阿梅睁开眼,发觉夜已经很深,家就快到了。

电台里还回荡着歌声,歌词完全唱出了阿梅的心声。

谁能够将 / 天上月亮 / 电源关掉

它将你我 / 心事照得太明了

5.
谁都渴望被温柔以待,不是岁月,就是人心

其实阿梅一直觉得,生活在单亲家庭的摩西所受的苦难要比她多得多。

在两个人同眠的午夜时分曾听摩西讲起那些过往,她自幼缺失父爱,在无数个夜晚偷偷躲在被子里流过的泪仿佛一齐涌现,她悲伤如昨的神情令阿梅深深为之动容。

小时候,摩西妈妈做手工的手被针孔深深戳中,鲜血一滴滴落在布满灰尘的地上,她急匆匆跑去拿纸巾,一不小心扑倒在地,膝盖受伤,她怕妈妈心疼,忍着痛一声不吭,却在夜里悄然落泪,抬高裤脚才发现伤口变得淤青且脏。

高考前夕,全级学生拍毕业照,学校邀请毕业班父母都来参加,摩西只让同学给她和妈妈拍了几张。同学拍完,不经意问:

"叔叔没来?"摩西假装若无其事地点头,转身看见眉尖微蹙的妈妈,突然就失了声。

这么多年,她一直隐忍着丧亲之痛,但幸好,后来赵子添的出现,慢慢地改变了她的世界。她内心的巨大空缺被慢慢填补完整,阿梅亲眼看见那个故作坚强、用厚重的壳把自己裹得深深的、不轻易对别人展露笑颜的摩西是如何变得明媚又温柔,外向而洒脱的。

对从前一直想要保护好摩西的阿梅来说,赵子添无疑是最功德无量的那一个。

没有人能够占据赵子添在摩西心目中的位置,正如没有第二个人能让赵子添像对摩西那样去对待。他们早已将彼此视为唯一,这点从来毋庸置疑。

阿梅曾为摩西终于得到真正的幸福喜极而泣,后来她再默默哭泣,没有人晓得原因。

谁都渴望被温柔以待,不是岁月,就是人心。

阿梅爱林木吗?

她已经不太能够确定,那是爱,还是太深的依赖。

林木的嚣张跋扈来得并不唐突,膏粱子弟,谁没有那么点过分自我跟臭脾气。阿梅最初看上他,仅仅是因为,他年纪轻轻便拥有一辆保时捷汽车。这对曾经靠低保维持生活的阿梅来说,无疑是巨大的诱惑。

家境优越的林木向来受异性欢迎,在阿梅与他刚刚交往亲密的那段时间,曾有脸上厚粉三千的骨感女人甩着翘臀走到阿梅面前,毫不客气地与她对骂。一句"我看你是穷疯了吧"愈加激起了阿梅的斗志,那时候她想,无论如何,她都要跟林木在一起。

而这些,摩西其实都知道。阿梅喜欢纨绔子弟是真的,但后来她对林木动了真心,也并非愚人节玩笑。

深夜,阿梅点开朋友圈,手机屏幕停留在摩西跟赵子添的合影上面。

多么合衬的画面。他们是那么登对。

若不是当初发现赵子添家境平平,也许阿梅会想尽办法靠近他吧。毕竟是她认识他在先的呢。

阿梅的妈妈常去赵子添家的水果摊上买水果,就在街角那儿,地方近,水果也新鲜,她从前偶尔会站在拐角处等妈妈,而赵子添,高大俊朗,处在青春期的女孩儿看了,谁都会脸红心跳。

所以后来摩西说,她答应跟赵子添在一起了,阿梅其实一点儿也不觉得惊奇。

彼时阿梅心想,如果换作是自己,面对那个每天会送她一个水蜜桃的赵子添,恐怕早就答应了吧。

临睡前的阿梅望着天花板上微弱的灯光,突然一阵酸涩涌入胸口。

其实她比谁都明白,世界上哪有什么如果呢。

情歌都被唱烂了，道理最后也会被接受。

所以摩西，对不起，有些人，有些事，想过一次，我就忘记。

6.
世界上只有一个人可以欺负摩西，那就是阿梅

回到学校上课，摩西后知后觉才回过神来，摊上事儿了。

班主任见不到看病凭证，一眼顿悟，旋即处罚摩西站在教室后面上课，直到允许她回到座位为止。然后带着一副恨铁不成钢的表情消失在年级走廊里。

摩西自知理亏，艰难地撑了许久，讲台上的老师时不时投来一记警示的目光，丝毫没有让她放松的用意。

最后一排的女同学看不下去了，拿出手机悄悄发短信给老同学阿梅："你的好姐妹被罚站到现在30分钟了，怕要出人命，速速救援。"

隔壁班的阿梅旋即借口上厕所跑了出来，靠在教室墙外跟摩西偷偷讲话："数学光头佬罚的？"

摩西摇摇头，用口型回答："老方（班主任）。"

阿梅幡然大悟，比了个"OK"的手势，一溜烟跑到了楼上的办公室。

老方用她一贯的威严神情瞄着眼前这个来势汹汹的马尾女孩："你是哪一班的？不上课在这里干什么？"

"老师，您不知道体罚学生是犯法的吗！"

阿梅无礼的气势立马激怒了老方，她瞬间把桌子拍得啪啪作响，要不是被对阿梅了如指掌的隔壁班主任拦住，用尽蛮力的一巴掌早已迎了上去。

办公室的老师们一下全涌了过来，阿梅却毫不怯懦，看着老方，怨恨的眼神仿佛就要刺穿她的心骨。

下课铃响，同学们都闻讯赶来看热闹。摩西刚从同学口中听到"李俞梅"这个名字，便被其他同学传进办公室。

两个人在办公室里被狠狠训了一通，老方在学校横行多年，自然咽不下这口气，最后把双方父母都请了过来。

摩西的妈妈当着老师的面痛心落泪，从不撒谎的摩西对她撒了整整一星期的谎，她第一次觉得，阿梅就是个祸害，不然好好的摩西也不会做出逃课这种"逆天"的事情来。

阿梅妈妈则一直保持沉默，自家孩子性格如何她是最知根知底的，她总是教她要保护好自己，现在阿梅还勇于保护朋友，她其实并无任何抱怨。

曾经那个滥赌的丈夫已经让她操碎了心，女儿是她的掌上明珠，谁不偏袒自己的怀中宝贝？

在各方的追问中，摩西将事情和盘托出，除了阿梅失恋这件事，其他都已经被全盘交代清楚。

阿梅站在摩西旁边，听她慢慢道出一切，方才因了愤怒而攥紧的拳头渐渐松了下来。

那天自己只顾着听演唱会，竟然忘了询问门票的来源。

原来摩西背着她偷偷做了那么多，而她却是最后一个知道的。

心里最柔软的地方情不自禁微微颤动起来。

抬眼一看，赵子添正趴在窗口，用并不那么优雅的姿势仔细地听着里面的对话。他眉尖微蹙，眼睛里毫不掩饰对摩西的担忧。

当赵子添的眼神在无意中跟阿梅对碰的那一刹那，他面无表情。

可她竟然希望他能够责怪她。

在这件事情上面，阿梅觉得自己亏欠他们两个太多。

至于具体原因是什么，还是有点说不上来。

也许是因为拥有这样被重视的友情而受宠若惊，也许因了内心还曾有过的一丝负罪感。

总之，那一刻阿梅的内心，是那样的自责、不安。

7.
冬梅至爱，初秋摩西

摩西兼职打工赚钱的事成了赵子添的心结，他实在心疼，又不忍心责备，后来每天一见面就拉着她的手，说什么也不放开。

那天三个人，坐在24小时不打烊的肯德基店里摩西问阿梅："为什么那天会去找老方算账？明明是我犯错在先。"

赵子添抱着一大桶全家桶在她身边坐下来，揉揉她的头："要不是阿梅，你的腿恐怕现在连路都走不了了。"继而别过脸去，认真感激地跟阿梅讲了句"谢谢"。

阿梅只觉得别扭，挥挥手反问摩西："嘿，记不记得以前我跟你讲过，谁再敢欺负你，就是在跟本姑娘作对？"

摩西吸了口可乐，仔细回忆片刻，终于记起来，是在她跟初恋分手之后，阿梅亲口告诉她的。

阿梅还说，世界上只有一个人可以欺负摩西，那就是阿梅。往后其他人要是敢欺负摩西，不是流氓就是魔鬼。

那时月夜下的阿梅神情无比坚定，擦干眼泪的摩西冲她微微一笑，一副心不在焉的模样。她只觉得那是安慰人的话语，随便听听就过去了。

没有想到，她是那么认真。

赵子添看着阿梅的眼睛忽然像被蒙上了一层雾气。

阿梅对摩西的感情，绝不亚于自己。冬梅至爱，初秋摩西。没有什么能够将她们两个分离。

那些话，她其实也是在讲给他听吧。

那一番用心良苦，他懂。

彼时摩西不在身边，阿梅总是独来独往，时间久了，也就慢慢习以为常。

某天在学校的绿荫树下撞见林木，穿着最新一季耐克新款的他正一边拨弄着落叶，一边在电话里跟朋友约定聚会地点。

无意中听到，是"25H PUB"。

忽然发现，林木从不知什么时候开始，就连最爱的那家KTV都换成了别的地点。

以前他说去Ａ，她就跟着去Ａ，偶尔她提议去Ｂ，他也执意只要Ａ。

果然时光总能叫事物随着它流逝的速度变迁。

而阿梅亦不再重复颓丧的昨天。

在不远处摩西跟赵子添的注视下，她只是看了他一眼，然后一笑而过。

再问她，还爱林木吗？

答案是坚决的否定。

爱若不够彻底，回忆更让人痴迷。

秋意渐浓，而景象里的哀愁没有什么理由涌上心头。

毕竟她深爱的摩西还依然幸福着。

这就够了。

望着阿梅孑然一身的背影，摩西不甚唏嘘。

你看阿梅，其实多美。

赵子添忽然瞥见，树丛下少年翩翩，手上拿着一个承载着落叶的透明瓶子，正迈着步伐向阿梅走去。

如果痴痴地等，某日终于可等到一生中最爱。

总会等到这一天。

电影《肖恩克的救赎》里有句话说:"所有令我们难过的事情,有一天,我们一定会笑着说出来。"

盼有骄阳劝人愈

1.
心慢慢疼慢慢冷

小镇初秋的夜有了丝丝的凉意,清风拂过,林荫树上的叶子刷刷地响。

我靠在索萧阳的腿上,趁着节目进入广告的空档,专心致志地近距离欣赏着20岁的这张消瘦脸孔。

即便那么瘦,索萧阳还是美如冠玉。下一刻的我终是没能够矜持到底,在伸手去触碰他那颗微微凸起的喉结时,轻轻吻了上去。

看着他的喉结上面出现了一道深深的、泛红的吻痕,我感到心满意足，并没有留意到索萧阳看我的眼里，多了一丝惆怅的情绪。

"林路，别闹，快取消'静音'，开始了！"

差点忘记，我和索萧阳正在看《中国好声音》。今天晚上的演唱比拼十分激烈，刘欢战队的学员们个个都在相互厮杀，无可奈何，但别无选择。接下去上场比拼的权振东和佳宁组合，一个是我的最爱，另一个最得索萧阳青睐。

"咱们要不要来打个赌？"我靠着索萧阳的肩膀，比了一个打钩钩的手势。

他自然而然地伸出小尾指勾住我的手："赌他们谁会赢？"

我巧笑倩兮道："如果我赢了，今晚你是我的。"

"输了怎么办？"

"今晚我是你的。"

索萧阳露出"又占我便宜"的表情，然后用他的大拇指用力顶了一下我的拇指："一言为定！"

音乐响起来，一首《冬天来了》被权振东和佳宁组合撕心裂肺的声音演绎得如同一出凄美爱情音乐剧，佳宁组合的唐宁和孙佳欢的手紧紧相牵，我的手也紧紧握着索萧阳的手，说什么都不肯放开。

当评委宣布胜出者是权振东时，我看见他的眼眶已经红了一大圈。我赢了，而索萧阳看着佳宁组合离开，他一个大男人竟然像一个受伤的小孩一样，抱着我哭得涕泗滂沱。

这是和索萧阳认识这么多年来，我第一次看见他哭，而且哭得那么伤心。想到他的眼泪可能有一半是因为即将一个晚上都被我占有而流，我忽然觉得自己就是个千古罪人。

那天晚上，我们靠在沙发上入眠。我小心翼翼地，贪婪地端详着睡梦中的索萧阳，他脸上的泪痕清晰可见，喉结上的吻痕还在。

我吻他的时候，故意用牙齿轻轻在上面咬了一口，我要他身上一直留有我的印记，似乎只有这样，我才能够安心一些。

可半夜里，我默默也掉下了眼泪。

我忽然想起顾尤然说过，"秋天是她离开的季节。"

2.
慢慢等不到爱人

我在对索萧阳发出猛烈追求的时候，他已经放弃了对顾尤然的挽回。那一年，他的公司对面，还只是一家儿童玩具店。而悲伤的起点，是在大学毕业以前。

顾尤然是我的学姐，学长索萧阳和她看上去是男才女貌的一对。

当时的我只懂得屁颠屁颠地跟在索萧阳身后跑，看着我喜欢的学长和我并不讨厌的学姐两个人并肩走在校园的小道上，构成一道羡煞旁人的风景线，又亲眼目睹他们亲吻，拥抱，最后争吵，分道扬镳。

说不出那是种怎样的感觉,没有特别地让人欣喜,又不足以言伤悲,可是,如果没有这个契机,我不会勇敢地踏出那一步,告诉索萧阳我喜欢他的设计作品很久了,很想跟他成为朋友,更不会成为他的红颜知己。

那年网上有句话传得很火:"别让你的男朋友有红颜知己,红着红着,你俩就黄了。"

我和索萧阳成为知己的那段时间,他跟顾尤然的恋情尚未告终,但已经响起黄色警报,却不是因我而起。

我喜欢索萧阳,没有错;索萧阳喜欢顾尤然,这也不会有错,而出现差错的是,原本一心一意对待感情的顾尤然,竟把她的心多分了一半。承接那多余一半的,不是索萧阳,而是一个叫做梁辰的男人。

当时的我以寻求真相、声张正义为由,顺藤摸瓜,饶有兴趣地打听起那个叫做梁辰的男人。

梁辰是一家广告制作公司的高管,年轻有为,当她满怀理想地踏进那家广告制作公司,看见梁辰之后,感情正处于低谷期的顾尤然不知道该用什么样的方式劝说自己,才能够抑制住那颗怦然情动的心。

那时候,顾尤然不认识我,当她在一条巷子的拐角处被我撞见她正挽着梁辰的手时,我的表情只剩下瞠目结舌,而她的眼神里,流露出了对我这种情人节之夜还一个人悠闲地乱逛的没人要的女孩儿的鄙视。但当时没有人知道,我为之震惊的并不是顾尤然跟别的男人好上了，也不是自尊心小小受挫，而是索萧阳正站在对街。

在索萧阳看来，所爱之人对自己撒谎并不可怕，可怕的是，她的目的竟是为了保护另一个人；在我看来，为了保护另一个人而撒谎并不可怕，可怕的是，最后知道真相的那个人，竟然为了保护他的最爱，而选择忍气吞声，当作什么都没有发生。

顾尤然在梁辰宠溺的眼神中与索萧阳擦肩而过，那一刻，周遭所有的灯火以及夜空中的星星仿佛都变得黯淡无光，索萧阳看着前方匆匆掠过的那张动人笑靥，满目怆然。

月亮高高挂在夜幕上，变成一个完满的圆。寓意着祥和美好的圆圈下，竟牵扯出这样一副叫人难堪的画面。物极必反，盛极必衰，天地轮回自有它的规律所在，我知道，这样的夜，注定不会如想象中美好，只是没有想到，索萧阳会成为那个不幸的人。

"我已经计划好了今晚的一切，可她说她身体不舒服，不想出门……

"我想给她一个惊喜，因为她是第一个我想要为她买那种日用品的人……

"林路，他们会去哪儿？你觉得，她还会回来吗……

"她会回来的，对吗？"

彼时，索萧阳正在为实习而忙着找工作，顾尤然已经顺理成章进了梁辰的公司，她搬出学校宿舍，住进公司宿舍，而他为了方便两个人在一起，在她的公司附近租了一个小房子，每次她回宿舍，一定会经过那所房子。

他说："林路啊，咱们再等等吧，她快回来了。"

那天晚上，我和索萧阳一起坐在房子外面等顾尤然，等到漆黑的天露出了微光，露珠附在清晨的草丛上。

却始终等不到他爱的人。

3.
泪慢慢流慢慢收

很久之后，索萧阳的事业渐渐安定了下来，顾尤然才鼓起勇气，对一直睁一只眼闭一只眼的索萧阳提出分手。事情来得那样突然，沉重的一击让索萧阳顿时不知所措。

也许只有我清楚，顾尤然是找准时机才捅破这张纸的。

在索萧阳喝着朗姆酒抱怨上帝爱跟他开玩笑的时候，他不知道，我的心里有多么感激顾尤然。如果顾尤然爱索萧阳，那么她一定不会背着他和梁辰在一起，可是如果顾尤然不爱索萧阳，她大可以趁早提分手，又何必选在索萧阳的事业安定下来之后？

顾尤然对索萧阳的这份感情，让我无论如何都没办法去讨厌她。即便是现在，以索萧阳现任女友的身份，对于他的这位前任，我也一向是闭口不提，不过多打听的。

索萧阳放弃了对顾尤然的挽回之后，我才弃暗投明，开始正式追求他。

从我读大三到现在，索萧阳从一名小职员做到了高管，又辞职开了自己的小公司，他终于答应和我在一起。

在成为男女朋友之前，我们已经习惯了生活中有彼此，元宵节一起过，粽子节一起过，儿童节一起过，就连光棍节都是两个人在一起过。

我曾问索萧阳："你会厌倦我们经常在一起吗？"

他撅起嘴冲我扮了一个鬼脸："这么些日子都过来了，不怕多撑几年。"

那一瞬间，我的心"啪"的一声，幸福得膨胀开来。

索萧阳没有对我说过一句"我爱你"，也没有为我写过动人的诗句，但这唯一一句让我感动得落泪的话，就让我暗暗发誓一辈子都死心塌地爱他，只有他，别的人再也容不下了。

日常生活里，索萧阳为我特意准备的惊喜并不多，他不是个特别懂得浪漫的人，但他的体贴总是一次又一次地打动我。

有一回世界杯，身为足球迷的索萧阳拉着我一起到超市里买了两打啤酒和一些薯片饼干，准备过几天作息紊乱、彻夜不眠的日子，我见他兴致颇高，于是以一个伪球迷的身份陪他过夜，怎料一场球赛未完，我已经红杏出墙会了周公。

翌日醒来时，我发现自己躺在索萧阳的腿上，身上盖着毛毯，旁边横七竖八全是薯片和饼干碎儿。即便索萧阳的贴心来得及时，我还是很不给面子地感冒了，喉咙干燥难受得说不出话，一眨眼泪水便掉了下来。

索萧阳忙不迭地买来各种感冒药，他难过的表情和慌乱的动作让我忽然有些恍惚，那种受宠若惊的感动，是从前的我不曾拥有过的。

我悄悄伏在他的耳边道："索萧阳，我从来不知道，被你在乎的感觉那么好。"

索萧阳什么都没有说，他只是一直看着我，一动不动地看着，那么认真地看着，然后，他低下头，开始吻我。

那是索萧阳给我的第一个吻，经久而热烈，仿佛要吻上一千个世纪，我们才甘心。

我依然记得当初那个吻的味道。它是苦涩的，夹杂着一点点咸，因为伴有我们的泪。

4.
慢慢变成了朋友

以前听索萧阳提起过，顾尤然从大学开始就一直有成立自己工作室的梦想，两个人分手后，她终于如愿以偿，成立了自己的广告设计工作室。听说功劳全在梁辰，以顾尤然贫寒的家境，要成立那样一个配备齐全的工作室的确不是件容易事。索萧阳倒是已经看开，有一个男人能够帮她完成梦想，他也愿意给予祝福。

顾尤然的工作室处在黄金地段,向来炙手可热,只可惜,梁辰并不知道这个世上有一个顾尤然的前任存在,他叫做索萧阳,他的公司,就坐落在顾尤然工作室的对面。

尽管尽量错开彼此上下班的时间,索萧阳和顾尤然还是经常遇见。一开始,索萧阳为避免尴尬,总是避开和她的对视,但久而久之,顾尤然竟然会朝他投去微笑,他也只能表现出很有风度的样子,向她点头问好,就像是彼此在问候一个老朋友。

碰面的次数多了,我和索萧阳谈恋爱了的事情也被顾尤然看在眼里,她大概对我失去了印象,眼神里尽是陌生,并无多余情绪。

我的头发从大学时的短而散乱变成现在柔顺飘逸的大波浪,微微眯起的眼睛被画上了细致的眼线,可爱的韩版衣服变成了时尚的欧美风,见到如今的我,她不会想起当年穿着一双人字拖便急匆匆从楼上跑下来,大熊猫连体睡衣罩在身上毫无线条美感可言的的我。

见到顾尤然的那天晚上,我在黑夜中猛然醒来,冷汗涔涔,身上的背心贴紧肌肤,潮湿和冰凉将我包围,我在干啼湿哭中摸到了枕头下的手机,打给索萧阳。

10分钟后,他用钥匙打开了我的房间,我几乎是冲到他的面前的,整个人疯了般地捶打着他的胸口,神经质地质问他为什么不好好待在我身边。

那是我们在一起的第10天,我在做了一个噩梦之后执意不让索萧阳离开自己的房间。贴满樱花草壁纸的墙边,我把头靠在索萧阳的肩膀上,听他为我唱他最爱的歌。

心 / 慢慢疼 / 慢慢冷 / 慢慢等不到爱人
付出一生 / 收回几成
情 / 不能分 / 不能恨 / 不能太轻易信任
真爱一回 / 尽是伤痕
……

一曲完毕,索萧阳问我:"林路,你梦见什么了?"
我坐直身体,心有余悸:"不想说,太可怕了。"
"我想知道,说一下吧。"索萧阳蹭了蹭我的肩膀。
"我梦见……你跟顾尤然私奔了。"说完,我狠狠捏了一下索萧阳的大腿,他疼得啊啊叫。
多么庆幸,那真的只是个梦而已。
蓦地,他安静下来,认真地看着我:"都过去那么久了,现在的我们,顶多只是朋友,甚至连朋友都不是。"
"可我就是害怕。"
我就是这么细腻敏感无措不安,就是这么任性黏人难缠爱耍赖,索萧阳拿我没办法,轻轻叹了口气,一把把我拽进怀里:"不准再多想。"

5.
慢慢没有感觉

顾尤然最后一次和我们聊天，是在盛夏。

那天下午，我和索萧阳刚从海滩边回来，他换上了西装，我穿着连身长裙，两个人一路吵吵闹闹推挤着前进，湿漉漉的头发上还时不时有水滴滴落下来，狼狈而又甜蜜肆意。

在撞见顾尤然的下一秒，我看见她的脸上写满了尴尬。

年岁给她留下了更多成熟的韵味，她身上有种无法言喻的气质，静怡淡然，那是我所没有的，这种气质使她能够很快恢复成原本优雅礼貌的样子，继而朝我们莞尔一笑。

"嗨。"我客气地跟她打招呼，反正索萧阳已经向她介绍过我是他的女朋友了，就像是有副写着"正牌女友"的牌子挂在我脸上似的，现在的我可以很坦然地面对她。

索萧阳朝她点了点头，也许是意识到我们两个刚刚的举止有些幼稚，他牵着我的手快步从她身边绕过去，只想赶紧回到公司里。

"索萧阳！"

那是我第一次听见顾尤然喊索萧阳的全名。

大学时，我常常能够听见她用甜甜的声音喊着"萧阳""阳阳"，最后变成更为亲昵的单字"阳"，而现在她叫他，索萧阳。

这是我和顾尤然之间最大的不同。我从一开始就习惯叫索萧阳的全名，无论是最初的生分还是现在的熟稔，我都觉得这样的叫法才能让人安心，它显得有些霸道，但是是我的专利。可顾尤然不一样，他们在一起时，她习惯给索萧阳特殊的昵称，也许这样才能显示出，他是属于她一个人的。而现在，他不属于她了，她只能用朋友的身份，喊出那个熟悉的名字，声音却显得陌生。

我和索萧阳同时转过身去，我看着顾尤然，顾尤然看着索萧阳，索萧阳看了看我。

刹那间，我的底气变得有点儿不足，如果她突然说要跟他复合怎么办？她这是要向我宣战吗？我们两个单挑的话，我可以靠重量取胜吗？

而事实证明，我的确想太多了。

顾尤然抿抿嘴，接下去说："你们……有朋友或者亲戚需要工作室吗？我那里舍不得拆，如果你们有好的资源，我可以给个优惠价卖给你们。"

卖工作室？我和索萧阳互相看了一眼，疑惑不解。

"是这样的，我要走了，大概秋天的时候吧，我就会离开。也快了，如果你们有需要店面的，都可以打电话给我。"她的脚步有些匆忙，说着就要离开，走了几步后又折回来，小心翼翼地问索萧阳，"那个……我的电话，你知道吧？我没换号码。"

自从跟他分手后，一直都没换吗？我的心咯噔跳了一下。

"对不起，我删了。"索萧阳的语速那样快，让人有点不知所措，电光石火之间，我察觉到顾尤然的眼里闪过一抹悲伤，稍纵即逝,她继而一笑而过。

她从包包里拿出两张名片:"上面有我的电话和邮箱,我先走了。"

自那以后,我们和顾尤然还是会偶尔遇见,但我们谁都没有走上前去问她离开的原因。

当我站在索萧阳公司3楼的窗口,落地窗帘拉开,向下望去,可以清楚地看见对面玻璃门内的办公桌,桌上放着一台电脑,电脑的另一边,有正在努力画设计图的美丽身影。

这个时候,我会变得异常难过。

这么美丽又能干的女人,比我这个好吃懒做的自由职业者强多了。

尽管索萧阳美其名曰我是自由职业者,可他不知道,整天待在家里,有兴趣的时候设计设计网页,没兴趣的时候睡觉逛街,虽是悠闲自在,却也无聊至极。

而我真正难过的,是突然明白了为什么当秘书每次拉开门时,索萧阳都不是坐在办公桌前,而是站在这里,欣赏所谓的"风景"。

6.

慢慢我被忽略

初秋,顾尤然真的走了。

索萧阳的眼泪在脸上淌了一夜,为什么,他不说,我不说,但彼此心照不宣。

白天一到,索萧阳便整装待发上班去了,我闲得无聊,在把屋子收拾了一遍之后,又想以"未来副总"的身份去骚扰索老总。

走到公司门口的时候,我望了一眼对面的"一顾倾城"设计工作室。拆迁人员正在把"一顾倾城"的招牌拆下来,工作室内外一片狼藉,室内的壁纸都已经被撕光,赤裸裸的墙壁一览无遗,拆迁人员忙里忙外地不停走动着,而在他们中间,有个女人正双手抱臂站着,似乎是在监督拆迁人员的工作。

她忽然间转过身来,叮嘱站在梯子上拆招牌的人:"这牌子拿好啊,很有纪念意义的,小心,别损坏了。"

我微微一颤,她并非顾尤然,却长着一张与她颇为相似的脸。

难道,她是顾尤然的亲人?

失神之时,一阵突如其来的喇叭声拉回了我的思绪。我急忙站到一旁,只见一辆豪华的车子从我身边驶过,在路旁停了下来。仔细一看,原来是辆时尚轿车——梅赛德斯-奔驰SLK200,多年前索萧阳曾立志把它当作奋斗的目标,可等到他有足够的能力拥有它的时候,他却选择了宝马3系。

白驹过隙,有些东西的改变总让人料想不及,无从问询。

眼看着车门被打开,我暗自揣测:这辆车的主人,非富则贵。

是个身形健硕的男人,他风尘仆仆地走来,在我对面停下来。我顿时呆若木鸡,多年过去,梁辰依旧英华如初。

"尤清,尤然她……"

梁辰喊那个女人"尤清",我忽然想起,大学时曾听索萧阳提过,顾尤然有一个姐姐,依稀记得就叫"尤清"。

他站在她面前,眉尖微蹙,欲言又止,抬头看了看正被拆除的"一顾倾城"招牌,继续问道:"她还是执意要走?"

尤清叹了口气,语气里尽是怨怼:"这么长时间来,你是怎么对她的,你自己还不清楚?放手吧梁辰,她这次是铁了心不会原谅你的。尤然把青春都给了你,你除了这间工作室,还给过她什么?"

梁辰满脸愧疚:"尤清,我改,我都改。我以后还像当初那样对她好,你求她原谅我吧?"

尤清冷哼一声:"算了,哪一回你不是这么向她保证的?我这个傻妹妹已经把所有委屈都告诉我了,自从'一顾倾城'成立后,你来过这里几次?你们的感情见得了光吗?我今天是来帮尤然拿回她的心血的,其他的我们顾家统统不稀罕。梁辰,尤然已经跟你撇清关系了,麻烦你以后别再找她!"

尤清说得斩钉截铁,梁辰杵在原地,已经无言以对。

过往行人的脚步突然匆忙了起来,天色变暗,似乎正酝酿着一场大雨,我抬起头望着骤变的苍穹,无意间看见公司3楼的窗帘正敞开着,而窗户的一脚,伫立着和我一样在观望一场口角战争的索萧阳。

他清亮的双眸紧紧盯着对面的一对男女,神情肃穆。

在这幕情景剧中,尤清和梁辰扮演着主角,我和索萧阳充当着观众。只可惜,入戏太深的他,并没有注意到站在墙角的,仰望着他的我。

7.
慢慢心变成铁

顾尤然的离开也许和梁辰有关,但身为局外人,我没有理由去多加猜测当中缘由。

当"公司对面'一顾倾城'的美女设计师回老家去堕胎了"的谣言在公司的员工们之间传开时,坐在办公室里盯着顾尤然的名片发呆的索萧阳攥紧了拳头。

"都他妈给我闭嘴!"

这是员工们第一次看见老总发这么大的脾气,一个未曾在属下们面前失礼过的老总,连脏话都出来了,可见他有多么在乎这个谣言。

10分钟后,坐在绿皮车上的顾尤然,接到了一个早已背在心里的号码来电。

"你好,是我。"

"我知道是你。"

"回老家了?"

"在路上。"

"哦,我其实没什么事。"

"……"

"你还好吗?"

"……"

1个小时后,我的右手举着手机,倚在墙边泣不成声。

索萧阳他怎么会忘了,他的秘书是我介绍进去的,她是我的表妹,我十分信任的人。

在他不顾形象地吼出那句话之后,他吩咐秘书倒杯咖啡进办公室,而就在把咖啡放下的那一瞬间,秘书瞥见了他放在桌上的手机,屏幕正亮着,上面是一连串数字,而手机的旁边,挨着一张名片,"顾尤然"3个清晰的字旋即映入她的眼帘。

曾与我就读同一所大学,敏感的她意识到了不对劲,在离开索萧阳的办公室之后一直心绪不宁,半小时后,她拿着一摞文件进去,看见他正在和别人通话,他熟练地在文件上签名后,转过身,她竟听见他说:"对不起,我忘不了。"

我竭尽全力告诉自己,表妹所看见的只不过是表象而已,索萧阳一定不会对顾尤然念念不忘,一定不会的,可无论我怎么表现得释然,眼泪终是夺眶而出。

8.
慢慢我被拒绝

"一顾倾城"设计工作室设计师:顾尤然。

只这15个字,便叫我望得失神。

是不是两个人在一起的时间久了,彼此也会变得相像?如果不是,我又怎么会做出和索萧阳一样的举动来?一样看似不可思议,一样都对那个原因充满好奇。

我不是个优柔寡断的女生,所以在电话接通的下一秒,我开门见山地问:"顾尤然,你为什么要走?"

她显然是被吓到了,迟迟没有出声,安静数秒后,她用着平淡的语气问:"林路,对吗?"

我"嗯"了一声,尚未直奔主题,她却无比坦诚地告诉我:"刚刚索萧阳打给了我,问了同样的问题。"

我没有料到她如此坦诚,顿然无言,想询问她和索萧阳是否还有瓜葛,却又如鲠在喉,怕失了风度。

"林路,有些事情我想你有权利知道,但请你务必替我保密。"

时光倒流,回到索萧阳和顾尤然大二那年。

那一年,顾尤然意外怀孕了。

她很清楚,一个错误,摧毁的也许是两个人的一生,她不能害了索萧阳,他们都是有美好未来的人,可当时的他们连一份工作都找不到，自身难保，何以顾及孩子？

所有的焦急害怕在顾尤然见到梁辰的那一刻有了转机，她人生第一次萌发了邪恶的念头，她要"嫁祸"梁辰。

梁辰有成功的事业，又一表人才，顾尤然犹豫再三，终于决定和他在一起。

她常常安慰自己，一切都会好的，有朝一日，索萧阳会听她解释。

天意弄人，谁都没想到顾尤然在成功欺骗梁辰之后，会不小心在梁辰的私人公寓里摔倒，最终流产。

孩子没了，梁辰从此对她忽冷忽热的。

某日一次不经意的回首，站在街角的她差点晕厥过去。原来梁辰是有家室的。

多么可笑又可悲啊，那一刻的顾尤然觉得自己简直愚蠢荒谬至极。

爱情有时教人成长，教人面对现实，有时也使人洋相出尽。

那时的她已经跟索萧阳分手，她根本不知道自己，该以什么样的姿态去面对他。

梁辰为把顾尤然留在身边，为她成立了个人工作室。

时光荏苒，她没想到再见旧爱，竟是那样一个尴尬的局面，索萧阳已经有了我这样看上去非常优秀的女朋友，而她，已经是个"被包养的女人"。

顾尤然越来越忍受不了梁辰,她在他眼里纯粹只是过期玩物，兴起便抱起来逗逗，脾气一来，随手一扔，又将她束之高阁。

这一次，她下定决心，真的要走了。

告别梁辰，告别索萧阳，告别这座伤城。

她没有想到索萧阳会在电话里同她告别，她以为他真的已经将过往忘得一干二净，他看上去是那样不动声色，以至于当听见他说"你一直在我心里"时，她甚至怀疑，电话那端的人是不是拨错了号码。

"林路，其实我知道，你是见证过我们的爱情的人。我看得出，你是个好女孩，你也很爱索萧阳。这么多年，我和他谁都不能保证还了解彼此，但我相信，你是了解他的。请你，好好爱他，他最需要的，是你。"

可是顾尤然，有些事，你不知道。

以前索萧阳的手机里，一直存有你的号码，后来是我在噩梦过后的夜里，逼着他删除的。

索萧阳看世界杯时，一直喊着"巴西巴西！"当我迷迷蒙蒙快要睡着的时候，耳边响起他的声音："尤然，你最爱的迭戈出场了。"

索萧阳常常站在他3楼的办公室望你，偷偷望。

他唯独喜欢和我一起看《中国好声音》，因为你们在一起时还没有这个节目。

你不知道,我和索萧阳看似那样亲密,但他的内心,从未让我靠近。

9.
总有一天等到你

索萧阳,那天晚上,王乃恩唱了你最爱的一首歌,你睡着了,我听着听着就哭了,这歌写得真好。

"伤人的爱,不堪回首。"

这让我想起了顾尤然说过的,她的"顾",其实是堕甑不顾的意思。

电影《肖恩克的救赎》里有句话说:"所有令我们难过的事情,有一天,我们一定会笑着说出来。"

索萧阳,别再难过,总有一天,你一定会笑着说:"我喜欢过顾尤然。"

到那时,请你无比认真地告诉我:"林路,现在,我喜欢的是你。"

相信只要慢慢等,总有一天我会等到的。

第四章

离别哼出了泪光

那不是我,

我不是我,

转身一走余生你已不见我。

——题记

美国的国庆节是我的生日,这天夜里,
我听着出租车上传来电台里异域人们的欢呼声,
默默流下了眼泪。往事不要再提,人生已多风雨。

秋风吹来往事怅

1.
初见淡无波

高一暑假的最后一天,我第一次和易熙朗打了照面。

灰色背心和棕色短裤露出细胳膊和瘦长的腿,从下及上全沾着泥土,我却还是看到了脏兮兮的面孔下易熙朗立体俊朗的五官。

刚喂完这只跟他一样沾满泥土的流浪泰迪犬的我抬头向他微笑:你要收留它吗?

他眉尖微蹙,略思片刻后告诉我:"是的。"

在这之前我本不知道他姓名，只猜想他可能是附近建筑工地上工人爱心爆棚的儿子，便欣欣然将刚刚遇见的泰迪交给他。

谁也没想到，那天，会是我人生的转折点。

我的父亲是一名银行职工，家里用仅靠他一个人的工资也过得衣食无忧，但自从父亲迷上股票后，股票见涨则欢，见落则忧。后来，父亲玩股票赔光了家里的积蓄，他甚至瞒着母亲向朋友借了钱准备翻身，结果那只股跌得惨烈，一瞬间，家里就欠了一屁股债。当母亲哭着告诉我，要去我们学校打工时，我突然感觉外面艳阳高照的天被乌云笼罩。

母亲在校服定制房里当一名工人。从嫁给父亲开始，母亲就专心做一名家庭主妇，我从没有看她工作过，听见"打工"这个词，我的心微微地疼。

那天出门前，她还给了我200块钱，因为我告诉她，生日要请朋友们吃饭。一顿饭后，我在回家的路上遇见那只流浪泰迪，便就近在便利店里买了一瓶奶茶和几块巧克力喂它吃，钱很快花完。

人不到绝境处，总是不够珍惜眼前所有，我开始后悔自己花钱大手大脚。我本可以不用大费周章地办生日聚餐；我本可以请朋友们吃糖就好；甚至，我可以只买一块巧克力给那只泰迪，不是也可以省下一点钱吗？

可人生没有后悔药可吃。

2.
再见冰释前嫌

我无意中在一根电线杆上看见白纸黑字的"寻人启事",上面贴着我的照片,照片中的我蹲在地上,正拿着东西喂一只狗。我一眼便看出来是昨天那只泰迪,细看文字才知道,原来有人怀疑我是动物虐杀组织的人,因为他的宠物狗吃了我喂养的食物后瞳孔放大,抽搐,最后死亡了。

明明是酷热七月天,看到这些字眼时我却不寒而栗,"动物虐杀组织"?这种让人闻风丧胆的不良组织怎么可能和我扯上关系?看到末尾署名写着"易熙朗"和一个陌生的手机号码后,我想起了昨天那个脏兮兮的男生。

我揭下这张寻人启事,将它撕碎后向天空挥洒开去,心想这样的恶作剧真是无聊透顶。

然而在新分的班级里,我居然看到了他,那个说要收留那只流浪狗的很有可能也是栽赃我的男生。

去新班级的第一天老师让同学们作自我介绍。轮到那个男生自我介绍时,他站在讲台上,高高瘦瘦的身影几乎要越过黑板,我这才注意到他今天的装扮,明明是干净平凡的校服,穿在他身上却散发出一种沁人心脾的清新味道,他嘴角上扬,凛冽的眼神里没有丝毫怯场。

他说:"虽然我阳光开朗,喜欢交朋友,但实在讨厌被一群人像欣赏猎物一样地围观,特别是,女生。"

我瞠目结舌地看着这个自大狂,实在想不出是什么力量驱使一个工人家庭出身的男生口出狂言自恋无边,不久后我找到了答案:他真的有资本,出身恰巧就是他出言不逊的最好条件。

他的这句话一度让女生们分成两派:一派尖叫连连;一派嘘声不断。而男生们则拍桌叫好,以表示对花痴女生的鄙夷之意,躁动的人群中突然冒出一个声音:"说说你叫什么呗。"

"易熙朗。"

简短几字立即浇灭我对他外表所引发的兴趣,最终我是攥紧拳头走上讲台的,并不是因为怯场,而是愤怒。我说:"我林沫宛不是富二代不是官二代,但从不自不量力说大话,不像有些人,倚着父母赐予的这副面孔哗众取宠,私下却爱搞无聊透顶的恶作剧。"

同学们闻到一丝话里有话的韵味,纷纷将视线转移到易熙朗身上,他与我对视的那一瞬,惊讶无比。

班主任离开后,易熙朗不请自来:"刚刚那句话是针对我的吧?"

"明知故问,偷拍很好玩?无中生有很好玩?易熙朗,我真担心那只泰迪现在的安危。"

我不紧不慢的语速激怒了他:"你果然不安好心,还恶人先告状？它现在死了，你开心了？我没有当众揭发你的丑行，已经是对你最大的容忍。"

见他义正言辞的模样不像是装的，我连忙解释："我根本不是什么虐杀组织的人，我喂它吃的奶茶和巧克力都是在旁边那家便利店买的，你要不信，可以去问清楚。"

"你喂它吃巧克力！"易熙朗有些抓狂，"你不知道对于狗来说，巧克力就相当于砒霜吗。"

等到易熙朗带我去宠物医院探望躺在小床上虚弱无比的泰迪时，我终于清楚，是我好心办了坏事。他告诉我，这只泰迪不是流浪狗，而是陪伴了他整整5年的宠物，昨天他带它到工地上玩耍，结果便产生了后来的误会。

幸好，泰迪的命最终保住了。冰释前嫌，我和易熙朗总算不再怨言以对。

3.
沉默是心有涟漪

正式开学的第一天，班里就传出"有同学说一套做一套"的坏话，对象是易熙朗和我。

自我介绍后，大家都知道颇有再世潘安之貌的易熙朗讨厌花痴女孩，而我的视线和话语直指的人也是他，同学们都一致认为我们是彼此的死对头，可那天他们看见我和易熙朗一起走出学校后，纷纷认为我们两个是演技派，目的是想要搞地下恋情。

在花季年华里，少男少女们总是对爱情这回事特别敏感，敏感到就算接触到的情感明明无关爱情，却总能想方设法千缠万绕最终将它跟爱情联系在一起。所以，当时的我对这样的流言蜚语并没有表现出生气或是窃喜，而是置之不理。

可我忘了，我的母亲也处在那个"是非之地"中，她也无意中听到这个八卦消息。母亲将我找来询问，我说情况不是传言的那样。母亲告诉我，父亲的朋友加紧了索债，无奈之下她便托人帮我找了一份兼职，工作时间在晚上，希望我也帮家里出一分力。

母亲变了，从前她只会让我做些简单的家务，暑假时我想和同学们一样去打暑假工她都舍不得。她曾经告诉我，女孩子要干干净净高高贵贵的；外婆曾教育她，女孩子的手如果有明显劳累的痕迹，那她就注定了一生会有劳碌命。父亲虽然不尽认可，却也赞同母亲"女孩要富着养"的观点。

我明白，不到万不得已，母亲绝对不会让我去打工。可她接下来的话，却让我有点恍惚。她说，不要和男生走得太近，家里现在十分艰难，你可别让我再操一份心了。

命运的变数，让她对未来产生了越来越多的顾虑，我已经无暇顾及自己是否清白，只一味点头应允。

事实证明易熙朗给女生们的警告着实有先见之明，当他将单肩包挎在肩上一边嚼着口香糖一边走向班里时，隔壁班3个值日打扫卫生的女生，高调地指着他议论纷纷笑语不断，经过她们身旁时，他转过头去，满脸不悦。

我对这幕场景一目了然，因为我为帮家里还债而半工半读的事迹被母亲的上级领导传到校长那里，校长在广播里言简意赅地表扬了我，还让同学们将我作为学习的榜样，大家彻底颠覆了对我的看法，一致举荐我为副班长，主要的职责是每天清晨坐在教室门口登记迟到的同学。

看到迎面走来的易熙朗怒视着隔壁班那3个女生已经好几秒，我害怕他滋生事端，便以同学的身份走上前去劝解。没想到我刚走近，易熙朗便将我顺势揽住，一字一顿地告诉她们："你们好好看看，这才是我的菜，你们？拿面镜子照照自己吧。"

站在女生的角度，我完完全全感受到这句话的伤害力有多强，它不仅可以使那些倾慕于他的心灵破碎，还能让人蒙上一丝自卑的阴影，可站在易熙朗的角度，我又觉得，他是迫不得已才出此下策让她们对他死心的。

可我是林沫宛，易熙朗的行为多少让我感到有些难堪，我问他为什么这么做，他却反问我："谁让你多管闲事了？"

整个上午，我都不敢直视他的眼，甚至故意离他远远的，害怕他又碰到同类事情，又拿我当挡箭牌。

为什么不想被拿来当挡箭牌呢？也许是因为怕被母亲看到后误会，也许是因为，我不喜欢挡箭牌这个角色。

易熙朗似乎看出了我的用意，不知道为什么，我仿佛看见他望我的那一刻，脸上闪过一丝失望的表情。

4.
总有人将你的不堪尽收眼底

不管怎样，由于早上同学们都专心于晨读的原因，没有几个人看见走廊上发生的事情，我和易熙朗总算没有因为这件事而再闹"绯闻"，但在我打工的奶茶店里，她们却再次与我相遇。

并且，是带着报复的心理。

我在奶茶店里做服务员，客流量不多的时候，我便站在门口迎接客人，弯腰，微笑说声"欢迎光临"。

在我弯腰说出今晚第20遍"欢迎光临"后，抬头才发现顾客是隔壁班的3个女生。她们一副"好戏待看"的表情告诉我，这场相遇绝非偶然，恐怕我今晚的服务工作，不会太顺利。

将她们带到一张桌子旁边，我抽出衣袋里夹着的笔和记单本子，轻声询问："请问你们要点什么？"

脸上画着浓妆的女生点了"茉莉花奶茶。"

我按照店里要求，登记的时候重复确认了一下："茉莉奶茶。"

女生抬头望了我一眼，故意拉长音："是茉莉花——奶茶。"

可是我们这儿只有茉莉奶茶，没有茉莉花奶茶呀。我向她解释。

"我就要茉莉花奶茶,你没听清?"

这下我总算明白了,她是故意要我难堪。纠缠许久,她始终坚持要"茉莉花奶茶"不要"茉莉奶茶",甚至提高音量引起其他客人的注意,最后惊动了店长。

在彬彬有礼的店长面前,她站起来,一边指着我的鼻子一边说:"你这个员工怎么那么笨!我说点茉莉花奶茶,意思就是要茉莉奶茶,搞不清楚茉莉奶茶就是茉莉花的味道吗?这点常识都不懂,还怎么打这份工?!"

店长连连代我赔不是:她只是兼职工,家里经济条件不太好,还望您谅解。

"家里穷?"打扮得花枝招展的女生也开口了,"都说穷人有志气,我看她那点志气,也就是仗着自己攀上富二代才施展得出了。"

彼时我已经知道,易熙朗根本不是什么建筑工人的儿子,他的父亲,正是那片工地的开发商,一个大腹便便的暴发户。生在无忧无虑的家庭的他,根本不知何谓生活所迫,何谓造化弄人,何谓既来之则安之,所以他桀骜不驯,随心所欲,从来不问别人的感受,不管是我,还是她们。所以,我理解她们。

可这一切只不过是生活中的一个小难题,我不知为何还会流下炙热的泪水。在匆忙驱赶这种懦弱情绪之时,有一个人却将我的尴尬不堪尽收眼底。

他便是蔚冉。

5.
有些相遇，竟如久别重逢

当我站在奶茶店的门口，一声"欢迎光临"未喊出口便已经声泪俱下的时候，蔚冉看着我，慌乱之中急忙拿出纸巾为我擦拭眼泪。

我和易熙朗做出了同样霸道的举动，利用完别人后指责他为什么多管闲事？不同的是，他是拿我当拒绝别人的挡箭牌，而我是拿蔚冉当发泄工具。

我没想到自己也有这样霸道的一面，蔚冉帮我请了假，陪我去附近的公园散步谈心，然后我趴在他的肩上抽泣，颤抖的身体连着眼泪肆虐着他洁白的衬衣，最后他抱怨我哭脏了他新买的衬衣，我反问他："谁让你那么多管闲事？"

他哭笑不得，连连哀求："好，我认错我认错，是我好心遭雷劈，我学雷锋不成反被将了一军。"

我的情绪已经平复了不少，这才看清他的脸。蔚冉是个看上去比我大两三岁的小伙子，长着好看的眉眼，和易熙朗相比少了一点霸气，如果易熙朗是火，蔚冉便是清风，前者刚烈，后者温柔。

如果换做是另一个陌生人，我断然不会轻易吐露心声，可他是蔚冉，无形之中有股能量驱使我放下了戒备，除去所有的盔甲，将一滩浑浊难咽的苦水吐露在他面前。

临别前，蔚冉以我毁坏他刚买的衬衣为由要求我翌日放学后陪他去新买一件，我摆摆手，坦言："对我来说你始终是来路不明的人，如何能信得过？"

他居然从衣袋里掏出身份证和一张名片递给我，说："我去旅游，今天刚下飞机，证件都还在身上，你要再不信，可以去公安局核实一下。"

我没有想到蔚冉为了让我陪他去买一件衣服如此较真，笑着说："那倒不用。"

他突然神情认真地看着我："我只是很想和你做朋友。"

气氛变得有些怪异，我连忙假装轻松地说："好啊好啊，明天下午等我放学哦。"

他眉眼微绽，一言为定。

6
莫名想要温暖他的心

现实告诉我，年少的我，还是低估了情窦初开的女生的嫉妒心理。嫉妒让人思想扭曲，甚者做出违背道德的事情来，在我的青春里，她们就曾对我做出这样的事情。

隔壁班那3个在奶茶店里故意刁难我的女生并没有就此作罢，她们偷偷拍下了我靠在蔚冉肩膀上哭泣和他帮我擦拭眼泪的画面，散布到学校的论坛上，大大的题目写着"优秀榜样林沫宛竟然做出这样伤风败俗的事情"，还将它们打印出来放到易熙朗的桌下，附上这样的话："原来你喜欢的是行为不检点的女生？她哪点招你喜欢了？梨花带雨的美丽？"

谣言的散布速度之快完全不在我的掌控之中，课上，我将她们扔给我的照片撕个粉碎，委屈得红了眼，我害怕母亲看到这些照片，更怕连累易熙朗。

下课之后，易熙朗没有问我事出何因，也没有视若无睹，而是直接拿着照片冲进隔壁班找到那3个女生，大声呵斥她们："现在马上把底片删了！谁发的，给我滚回家删帖！"

他很清楚，这件事一定是她们干的。我想过他会为我出气，却没想到他这么生气，就连待在本班教室的我，都能够听见他怒吼的声音。

我以为最令他生气的是那3个一厢情愿的女生，其实不是，他是因为照片，因为我。

一整天，易熙朗都没有搭理我，更没有看我一眼。自从在隔壁班发火完后，他就一直趴在桌子上睡觉，那些照片被他紧紧拿在手里，他睡着时，它们便掉落在桌面上，等他突然醒来，又将它们紧握在手中。

这么明显的举动，任谁都看出了他对我的在意。大家都以为他本来就喜欢我,是我不好,做出伤害他的事情。没有人知道,从头到尾我真的以为他只拿我当挡箭牌。

为什么当看见睡梦中的他眼角有泪溢出时,我会难过得几近窒息?那只攥紧的手告诉我,易熙朗并没有睡着,那么,他是真的哭了吗?是……因为我吗?

我莫名很想抱着睡得如同小孩的他,不言不语,只用体温抚平他的伤口,温暖他的心。

7.
我们本是天各一方的存在

放学后,我在校门口看见如约而至的蔚冉。面对周围许许多多异样的目光,他显然还毫无察觉。

和他并肩走在路上,我一直考虑要不要把今天的事情告诉他。最后我决定,向他隐瞒这件事,毕竟他是最无辜的受害者,事情由我而起,我没有理由要他卷进无端的是非中来。

那是我第一次进男士衣服专卖店,琳琅满目,我的眼睛掠过各种颜色的衬衣,最后在一件枣红色衬衣上停留下来。

"服务员,请帮我拿那一件。"

蔚冉闻声走过来,一边看着衬衣一边问我:"你觉得适合我吗?"

我转过脸去看着他,再看看那件衬衣,乍眼一看,着实不适合。电光石火之间，我的脑海中浮现出另一张脸，我想，他更适合这个颜色。

"不要了不要了，我觉得还是白色适合你。"

最后，蔚冉买下了一件一点也不起眼的衬衣，白色的。我想他穿上一定会很好看。

因为第一眼看见他时，他就穿着白色的衬衣，所以我确信一定会好看，可一方面却显示出我的漫不经心，我只看过他穿白色好看，竟连想象他还适合哪一个颜色都懒得想。

我以为为人随和的蔚冉并不会洞悉这一点，却不晓得，在爱情面前，任何人都会变得神经敏感，无论性格好坏，无一幸免。

在我们两个人各自拿着新鲜的冰冻奶茶从奶茶店里出来后，我们的谈笑风生便因看见易熙朗黯淡的目光戛然而止。

所有路人包括蔚冉在那一瞬间恍然化作路灯，照耀着我面前的易熙朗，可尽管他的出现激起了我的所有神经，牵扯着我的心跳，我还是阻挡不了他所见到的一切的发生。

我的心里跳出一个勇敢的声音："易熙朗，这一切如果你不希望发生，那么，我宁愿它从没有发生。"但自始自终我没有为自己辩解，我该用什么开头？

"易熙朗，不是你想的那样，我和他只是朋友关系。"

"易熙朗，别生气好吗？"

"易熙朗，好巧啊！"

最终我和蔚冉一起越过他，向人群中走去。我们就像陌生人，一如在看见那只泰迪之前的我们一样。我明白,易熙朗和我原本就不应该有任何交点,我们天各一方,过着自己的生活,他依然安逸无忧,我则继续为家庭奔波。

8.
光是活着就已让人疲惫

回到家中,父亲正在客厅通电话,而母亲躲在房间里,已然哭成了一个泪人。

母亲告诉我,打电话的是当初借钱给父亲的人,他这次打来,无非又是来催债,给这个家添一份沉重的压力。

我用手帮母亲擦拭眼泪,轻声询问:"他们不是朋友吗?"

母亲摇摇头:"这个社会,有利益往来就是朋友……"

我顿时万念俱灰,本是同根生,相煎何太急。

回到客厅里,父亲已经挂断电话,坐在椅子上抽烟,满目愁容。我从书包中拿出顶支的工资递给他:"1000块钱,您拿去先垫上一点。"

父亲接过钱的手微微颤抖:沫宛,我最对不起的就是你……

这辈子我从没有见过他掉眼泪,我不敢直视他的眼,怕看见他湿润的眼眶。只要他不掉泪,我便还有一丝撑下去的信念。

我向学校申请每天最后两节自习课提前放学,原因是晚上工作白天学习，我的睡眠时间明显不够，希望学校可以特例准许我更合理地安排作息时间。校长答应了。

没有人知道我是想多打一份工，光靠晚上的兼职工作根本分担不了家庭的负担。自从那天在街上碰见易熙朗，他对我的态度便变成了冷漠，我不敢拜托他帮我找工作，只好托蔚冉帮忙。蔚冉介绍我当促销员，一次活动70块，明显是份收益可观的工作。

彼时的我，真的以为生活就会这样忙碌却平淡地过下去。

9.
道不出的心里话

我向学校发出的申请恳请领导保密，每个同学都知道林沫宛每天最后两节课都缺课，但没有人知道为什么，包括易熙朗。

在一次酸奶的促销活动上，我在前来购买的纷涌人群中，突然撞见了易熙朗的身影。他神情凛冽，试图将我望眼欲穿。但我旋即将脸转向别处，不去看他。

和我随行的是另一个女生，我们都穿着统一的工作服，易熙朗却不知道什么时候来到我身边，假装工作人员帮我推销起产品来。

我压低声音赶他走："你除了知道它是酸奶还知道什么？我还要工作，你快离开这里。"

他不肯罢休，停止了推销，直接售卖起来。

我的脑海很乱，不知道易熙朗究竟是想干什么，但我清楚，他跟我，绝对不是一路人，我必须制止他这样帮助我。

"我要一箱。"

"要一箱是吗？好……您……您怎么会在这里？"易熙朗震惊的语言驱使我转移了视线，对方是个大着啤酒肚的中年男人，看到他的那一刻，我想起了易熙朗。他们那么像，难道……

我第一次坐上限量奥迪车，头有些晕，透过后视镜，易熙朗看着坐在副驾驶位上的我，不禁一颤，我知道自己早已冷汗涔涔。

他的父亲说："我要见见你的父母。"然后，他把我和易熙朗带上车。

"熙朗最近在家总是无缘无故发脾气，茶饭不思，今天看来，恐怕是因为你了。"易叔叔边开车边对我说。

"我希望易熙朗可以解释些什么，可他什么都不说。"万念俱灰的模样告诉我，他的父亲在他面前一定有不可忤逆的威严。

我想易叔叔和我的父亲先前一定认识，不然他们怎么会在见面后纷纷哑口无言。直到弄清事情之后我才恍然大悟，原来他就是我们家的大债主，我想方设法所赚的钱，全部都要归还于他——易熙朗的父亲。

易熙朗也是在这一天才知道我的家庭状况，知晓这一切。

易叔叔和父母亲谈话时，易熙朗把我叫到外面。他踌躇了很久，终于挤出这样的话："我，喜欢你，从你喂泰迪的那一刻起，就忍不住喜欢,顺手拍下了那张照片,你和那些女生都不一样,可你很笨,你真的很笨,就是这么笨的你,却让我第一次那么伤心。那个男生,你喜欢他?"

我看着他,没有说话。

"只要告诉我,是还是不是?"

闭上眼,我点点头,"是。"

10.
经年以后,仍泪流满面

易熙朗离开时的表情我没有看见,他的背影却永远留在了我心底。他以为我只是因为不喜欢,所以对他那么狠心,但其实我是不敢。

他离开后,父母亲告诉我,离他远一点,他和我不适合,真的不适合。我含泪闭上眼:"放心,他从此不会再来找我。"

我没有向易熙朗坦白,蔚冉曾向我表白,但被我婉拒后,他依旧将我当作朋友看待。有句话说:"如果一个人见到你最丑陋的一面,那么你只有两个选择,杀了他,或者,嫁给他。"我没有杀了他,也不会嫁给他,但我的生活里依然有他。

易熙朗,我早料到你的父亲不会同意我们在一起,所以我努力地控制自己,不去爱你,不敢奢望拥有你。只要让我远远地望着你就好。

我知道，当你听见我喜欢的不是你时，你一定伤透了心，可比起不顾身世背景地跟你在一起，扮演一个狠心的角色真的不算什么。

倘若我们在一起，你将和你的父亲不和，我们两个家庭之间，恐怕也会产生无法想象的矛盾，那么，又何必让更多的痛苦产生呢？

听说你后来去了美国留学，是你主动向父亲提出的请求，我突然如释重负，见不到你也好，至少不会太难过。

可为什么至今想起你，我还是会泪流满面？

老一辈人说感情是可以培养的,但我恰恰忽略了一件事情,
感情能不能够培养,也要看对方愿不愿意。
不管我多爱他,他始终不喜欢我。

余生你已不见我

1.
他不像是在演戏

2011年10月的某一天,我随发小麦琪坐上那趟即将奔波数十个小时的客车,一边剥桔子一边看着窗外的艳阳天。

临行前妈妈塞在我口袋里的泡沫袋在两个小时之后发挥了作用,我埋头,像是要把整个胃都掏空。

彼时我想起背起背包的那一刻妈妈问我:"非去不可吗?"

我点头,回头莞尔一笑:"妈,您知道那一直是我的梦。"

然后她转过身去,我在她的低声抽泣中终是选择信誓旦旦地

奔赴梦想。

一步一步地朝着大学前进，我想许星晴的晴天真的来了。有那么一刻我真的以为，那将会是我的大学。

后来映入眼帘的校园盛景没能让我重振精神，那个突然而至的十分殷勤地帮我提行李的男生倒是让几近虚脱的我精神抖擞。

当我还在感叹大学生的品德素质就是不一样的时候麦琪从后面冲上来，不停地摇晃着我的手臂说："这人行为不正常，你最好小心点。"身后刮起一阵冷飕飕的风。

我随即用一种充满戒备的眼神仔细观察他的长相以及行为，麦琪抓紧时间向我简短解释了事情的来龙去脉。

他叫赵子逸，大一新生入校时许多女生就在他这副人模人样外表的伪装下错估了他的人品，自然而然接受了他帮忙拿行李的"好意"，乃至尚未萌发出美妙故事就都被以"不好意思认错人了"的狗血对白收场。

女生们暗地里猜测他殷勤举动的背后只不过是为了物色猎物，吊不起他胃口的就被束之高阁，她们有的愤愤不平有的自尊心受创，赵子逸也不是什么男神级别人物，凭什么这么玩弄别人？

赵子逸接下来的举止没让奇迹发生，就好像他正在演一出麦琪导出来的戏，她说他会这么做，他就真的做了。

可当他满脸歉意地对我说出那句"不好意思，我认错人了"时，我却并没有那些愤怒或失望的情绪。

我对麦琪说："他是真的一脸歉意，不像是在演戏。"

但麦琪忙着赶去登记，没有听见。

在麦琪的寝室休息时我偷偷地想，如果赵子逸真的是在物色猎物，那也无可厚非，传闻上大学不谈恋爱就算耻辱，因此将就着拍拖的人那么多，赵子逸半年来仍宁缺毋滥，在这到处出双入对的校园里独来独往已经够可怜的了。

麦琪一下洞悉了我的心事，一边铺着床垫一边给我忠告："可怜之人必有可恨之处。"

那时候我还没能领会到，赵子逸身上究竟哪点可恨，同情心泛滥的我只看到了他的可怜，竟开始期待下次会面。

2.
只我一人问候你

麦琪无意中的一句话让我确定接下来与赵子逸碰面的机会还有很多，她说赵子逸和她同读外语系，同在一个班。

我喜欢新闻，麦琪答应帮我混进一个厉害的教授的课堂上课，她用半开玩笑的语气告诉我："以后想去电视台上班呀？上边没人可难咯。"

我摆摆手:"我哪有那么大抱负,能进不错的广告公司就知足了。"

我像其他学新闻的学生那样每天去上新闻课,大学里新鲜玩意儿很多,但我最爱它的自由。

我站在建设银行的ATM机前才发现我妈给我的几千块钱已经所剩无几,想到再下去可能会拖累麦琪,我坐在银行大厅里蹭着WIFI开始上网找兼职。

我给附近一家公司发去了简历,他们在招神秘顾客,报酬丰厚,要求很奇特:大众脸加演技派。我看着招聘信息上的红旗标识,厚着脸皮在"你能胜任这一工作的理由"上写道:本人自幼参演话剧舞台剧,常年扮演路人甲。

简历好不容易才发出去,我下意识往旁边一瞥,发现赵子逸竟神不知鬼不觉地坐在我旁边看电影,看的还是喜剧。

"哈哈哈哈哈哈……"

没错笑出声的人是我,当我意识到自己失态时已经来不及了,赵子逸正皱着眉头朝我看来,我强颜欢笑假装自来熟:"嗨,同学,好巧啊。"

他额上的褶皱缓缓变得平坦,接下去的动作让我始料未及:他把手机移到了我们中间。

我和赵子逸就这样蹭着银行里的WIFI看电影,一直到银行关门，被保安用鄙视的眼神盯走。

这座城市刚入夜就到处弥漫着串串香的味道，我和赵子逸坐在路边摊上边喝啤酒、吃鱼丸、吃串串香，边赏月色，烟雾里他的眼神变得有些迷离，他提醒我：今天是光棍节。

恍然大悟的我不小心冲他打了个嗝，他却噗嗤一声笑得忘乎所以。

我冲他一个劲地喊"喂"想让他适可而止，他冷不防地别过脸来看着我："许星晴，认识我的人那么多，而主动和我打招呼的只有你一个，我第一次觉得这座城市并不孤单。"

那一刻我其实好想告诉赵子逸，孤单的不是这座城市，而是你。

夜空里闪烁的繁星好似在诉说今晚的特别，我有点儿醉了，借着酒胆我问他："能不能告诉我你为什么那么喜欢帮女生提行李？却又总是半途离场？"

我在期待他的回答，其实我的潜意识里已经有了一个渴望听到的答案："因为我不喜欢她们。"

但他在冥思了几秒钟后用一种稍显激动的语气告诉我："因为我发现她们都不是我要找的人。"

顿了顿，他坦言："我在找一个叫'林静'的女生，她是我高中的女朋友。"

"她跟很多女生一样，也是长头发，身材匀称。"

……

赵子逸讲了很多关于他们两个的事情,具体我记不清,无非是年少时期最美好的初恋故事。

我只是安静地聆听,没有露出半点儿失望的情绪。

分离时赵子逸试图知道我的其他信息:哪个系,哪个班,哪间宿舍,这些我通通没有告诉他。

我只想让他知道,偌大的学校,来来往往的人群,有缘众里自然寻得见,若是无缘,即使踩到她的影子,他也会忘了抬头看一眼。

所以他到处打听到他和他的初恋同校,半年来却从未遇见。

3.
我也要把最好的自己献给你

我发现其实想要见到赵子逸一点儿也不难,不必费心去找,攒动的人群里最高最瘦的那个就是,每次我看见他,他总是一个人在行走。

一周之后我接到了面试邀请。

我长相一般，扮演消费者对我来说也不是难事，公司负责人很快给我安排了任务。

我戴着一个带有摄像头的眼镜，身着米黄色通勤装，手拿一个黑色的手提袋走进一家高档餐厅，开始进入白领的角色。

公司要求我点的几道菜我已经背了下来，精致到番茄汁的种类，服务的先后顺序。

我以上洗手间的名义溜进了餐厅的厨房，假装在找熟人把厨房走了个遍，然后在洗手间里偷偷拿出事先备好的调查表，仔仔细细一项一项地打钩或者画叉。

我享用了一顿豪华晚餐，虽然看上去有点孤单，但晚餐费用是公司报销，公司负责人还给了我180块作为报酬，小小的落寞感很快被兴奋取代，我心想这种好事应该多多益善，没想到他满意地嘱咐我："过几天你再来，我们还有别家分店，为了避免被怀疑，下次可以带上伙伴来，工资照结。"

我跟麦琪分享这天大的好事时忍不住笑出了声，她却给了我当头一棒："最近团里在组织活动很忙，我可能陪不了你。"

差点忘了身为某团团长的麦琪整天都有忙不完的事情，忙开会，忙活动。我丢下一句"有钱不赚非好汉"，不等麦琪以"我本来就不是汉子"还击就溜出了宿舍。

我在图书馆看到了书架后面那个显得有些突兀的脑袋，戴着耳机的赵子逸看见我，眼里闪过一道稍纵即逝的光，我喜欢他那对明亮的眼，摘下他的耳机兀自听了起来。

耳机里播的是杨千嬅的《再见二丁目》，我忽然想起某个失眠的夜晚在豆瓣里看到的一个音乐帖子说：这首歌是林夕深夜在日本的一个酒店洗手间里写的，后来杨千嬅唱完这首歌，林夕爷觉得他唱出了自己的情绪，从此决定把最好的都给她。

赵子逸瘦长的身形在我眼里倒出一个清晰的影，恍惚之间我觉得，我听着最好的歌，他看着最安静的我，这一切是那么美好。

有那么一刻我心生执念：我也要把最好的自己，献给赵子逸。

4.

如能忘掉渴望，岁月长，衣裳薄

我央求赵子逸当我的临时搭档，他问我是不是他去了我就能拿到更多的酬劳，我点头，他爽朗一笑，答应了。

踏进餐厅的那一刻我挽着赵子逸的手，我瞄到华丽落地镜子里的我们像一对郎才女貌的小情侣。这一次我没有再戴那副高科技眼镜，公司负责人在我的包里装了个高清小探头。

我从赵子逸的眼里捕捉到：他被我切牛排的优雅模样震撼到了，这不足为奇，和那个在月光下陪他喝啤酒吃串串的许星晴相比，今晚的我简直判若两人。我用眼神告诉赵子逸，不要惊慌，人们的伪装，常常只是为了得到。

第二次任务让我深深体会到：钱不是那么容易赚的。

按照要求：我需要点一支特定年份的伏特加，为了从服务员的取酒速度中了解他们对酒类摆放位置的熟悉度。我向来滴酒不沾，但为了完成此次任务，我必须喝酒。

服务员给我们一人倒了三分之一杯伏特加，我刚要拿起酒杯假装品味就被赵子逸率先拿起，他晃了晃杯中液体，放在嘴边抿了抿，喝了一丁点儿。

我着急了，低声问他："你干嘛喝我的？"

他把一块鲜嫩的牛肉放进嘴里，悄声嘱咐我："待会儿我要是喝醉了，你别一个人离开啊。"

我感动得差点就落下泪来，旋即把头埋得低低的。

如果不是为了我，赵子逸不会到这家餐厅来；如果他没来，就不会在喝醉后上洗手间呕吐；如果他没上洗手间，我也不会看见就在离我不远的那张桌子前，正坐着他的初恋。

我在赵子逸的钱包里看过林静的照片，即使从前直发的她现在烫了大波浪，穿着起码 20cm 高的高跟鞋，我依然坚定地认为：她就是林静。

赵子逸痴痴寻找了那么久的漂亮女孩，此刻正把一块吞拿鱼片往他旁边的男人嘴里放。从男人的穿着以及他戴着的金表来看，此人非富即贵。美女与野兽的搭配，常人一眼就能看出其中端倪。

我往右一瞥，看到赵子逸正从洗手间摇摇晃晃地走出来。当下的我只有一个念头：不能让他看见林静。

我起身跑过去，把包夹在手臂里，扶着赵子逸跌跌撞撞总算出了餐厅，我回头，发现林静的脸上没有一丝波澜，她媚笑着，专注于那个男人，并没觉察到周遭有何不妥。

在一棵樟树下我扶赵子逸坐到靠椅上，一声酒气的他居然不忘问我："任务完成了没有？钱拿到了吗？"

难道我们是在拍间谍片吗……我忍不住白了他一眼，从包里拿出调查表兀自填了起来。

填表的过程中赵子逸把头靠在我的肩膀上睡着了，我不敢动弹，怕惊醒他，脸上不动声色，心里却泛起层层涟漪。过了半晌，我放下手中的笔，闭上眼静静聆听从对街的专卖店传来的美妙歌声。

原来过得很快乐 / 只我一人未发觉

如能忘掉渴望 / 岁月长 / 衣裳薄

脑海里不受控制地想起方才林静和那个男人在一起的画面，想到赵子逸对她的执着，我忽然心如刀绞。

轻轻地，我说："赵子逸，让我照顾你吧。"

纵使他痴心一片，纵使他被千万人隔绝，我愿意敞开心扉，留一席温枕予他安睡。

他在我的肩膀上动了动，我知道，他应允了。

第二天再见到赵子逸，他身上的酒气已经散去，我突如其来的一声"男朋友"使他瞬间清醒。他低着头，笑了笑，再不说话，只是任由我拉着他的手一起走。

赵子逸是个蛮低调的人，即使知道了散播我俩在一起的消息的人是我，他也毫不埋怨，我越来越习惯称他为"男朋友"，每次他都只懂得笑，而从不答应。

至于林静，她就像是赵子逸手中一只被风吹走的风筝，他当了半年追风筝的人，也许是累了，也许是因为我的出现，他停下来，不再追了。

5.
我总想着朝夕相处会让他遗忘曾被辜负

赵子逸知道了更多关于我的事情,包括高中毕业后我因家庭压力学了并不喜欢的平面设计;包括这座城市目前为止只是我的中转站而非最终目标。

可能最初的他还不够喜欢我,但我不怕,我愿意花很多时间让他逐渐了解我,老一辈人说过:"感情是可以培养的嘛。"

寝室楼下成为他每天的站岗点,我总认为朝夕相处会让他遗忘曾被辜负,在他把不堪回首的过去甩得一干二净时我们便可以牵手走得很远很远。

赵子逸并非纨绔子弟,但金钱并不能影响我们在一起。我们一起尝过高级餐厅里的红酒牛排,后来嘴馋的我每次只要嚷嚷肚子饿,他就算翘课也会陪我去吃路边摊。麦琪总骂我傻,不会关心人的男朋友,净带我吃些不干不净的东西,但我不仅毫无怨言还很乐意。

他是我想要的那种人,他其实很浪漫,有一次我过生日,他带我到星级酒店,在奢华的房间里为我安排了一顿烛光晚餐,我湿着眼眶看着眼前的一切有点不知所措,他突然抱紧我说:"本来还想跟你一起体验陶瓷杯的制作,谁知道酒店不让把陶瓷转盘带进来,真不解风情。"我哭着笑他电影看多了,后来的《家有喜事》我陪他看了不下5遍,每次看到周星驰和张曼玉的对手戏,我总会想起那段时间赵子逸省吃俭用,订花订酒店租陶瓷转盘,做那么多只是为了给我过一次难忘的生日。

我经营着我们美好爱情的同时一边努力在这座城市生存下来。

我没有像其他同学那样每个月都会收到一笔来自故乡的生活费,我拜托过妈妈:"千万别给我寄钱,别让您闺女有任何当寄生虫的机会。"

我的谋生之道就是继续当神秘顾客,之前那家公司的任务结束了,负责人把我介绍给他们的合作方继续兼职。

这家公司是一款名牌餐巾纸的生产商,他们的产品遍布各大商场,于是商场成了我新的表演舞台。

我常常拉着赵子逸陪我一起逛商场,爱人与面包同在,想想幸福不过是这样。

6.
我站在阳光照耀得到的地方,不寒而栗

有时候我在想:是不是我被赵子逸宠得有些得意忘形,才会忘了城市里明明还存在着危机?

人生何处不相逢,我在这个城市里多待一天,见到林静的可能性就又大了一点点。再次撞见林静时我正在商场执行任务,我站在A区,林静挽着那个男人在B区闲逛,而我的赵子逸刚去C区找日用品。

在他的前任面前,我的占有欲顷刻间直线飙升,他们的感情于我而言是个永远无法窥探的危险禁区,来不及参与他的过去,我也就无从得知他们当初究竟有多要好,他对她用情有多深,这些我心里都没底,我怕他将会被夺去。

从见到林静的那一刻起,我的视线就没从她身上移开过,她不但人长得好看还很聪明,连买东西都嬉嬉闹闹的,眉眼之间藏着一丝挑逗的韵味,看得出来很讨那个男人的欢心。

"静儿,走,咱们去看看窗帘吧。"

男人的声音粗犷又响亮,就好像生怕别人不知道他金屋里藏着个漂亮女友似的。听起来两人已经同居,我忽然明白为什么赵子逸听说她和他同校,这么久却未曾遇见。

如果说接下来的那一刻我有什么愿望的话,那就是倒带,把一切推翻重来。

男人暧昧的称呼引起了赵子逸的注意,他闻声望去,看见林静后的反应完全在我的意料之外,我的眼镜记录仪录下了那个让人心灰意冷的表情。他不仅将我彻底遗忘在角落里,还差点被那辆突然出现的豪车撞死在商场门口。

林静的心真狠,我看到了她冷冷的表情,她看赵子逸的眼神就好像他们从未认识过,然后她瞥了他一眼,没有要停下来的意思,车子旋即加速离去。

他像疯了一样对他们穷追不舍,我脱下高跟鞋光着脚吼他站住,他没有停下,直到门口几个身材魁梧的保安把他拦了下来。

我在保卫室里给了情绪激动的赵子逸一个耳光,不顾保安们错愕的眼神,我愤恨直骂:"你以为人人都像你一样白痴吗?!林静早跟别人好上了。全天下只有你赵子逸被蒙在鼓里,你能不能清醒一下。"

我没有想到自己下手那么重,他却好像没了知觉,瞪大双眼看着我:"你早就知道了?"

赵子逸对林静的想念终于还是土崩瓦解了,我不知如何解释,索性缄默不答。

"呵呵……这么说你一直瞒着我？"

"许星晴你知道吗，我现在想想都心寒，你还瞒我多少事情？"

"许星晴，你滚！我再也不想见到你。"

七月的土地热得发烫，我站在阳光照耀得到的地方，不寒而栗。

我晓得初恋在一些人心目中有着不可撼动的位置，更加晓得林静对赵子逸来说意味着什么，他因为她而难过至极的模样我并非头一次见，在喝醉酒的时候，在说梦话的时候，在残缺的爱情面前变得憔悴的赵子逸，我无力去帮他挽回谁，我也有我的私心，每次我只能悄无声息而又用力地抱住他："你别这样好吗，她走了，但我在。"

我从没告诉赵子逸，当你抱着我而喊着她的名字时，我有多害怕。

此时此刻的你，我有多害怕失去。

林静的眼里写满现实和物质，旁人看得清清楚楚，而他就是傻傻读不出。

他至今还不明白，伪装常常只是为了得到。而这句话正是林静教会我的。

第一次去餐厅当神秘顾客时，百般聊赖的我拿出手机，刷某通讯软件的时候，看到附近的人中，有人用到了这句话作为自己的个人签名。于是，因为这句话，我在那张黄色兰博基尼的头像下点了"关注"。主人叫"JJ"，我们互相关注后，从未交谈，默契而和谐。JJ不经常发自己的照片，她的状态除了豪车就是奢侈品，当然还有各大酒店的豪华套间。

就在刚刚，她在朋友圈发了一张照片——一张素颜如雪的脸，配上的心情是：曾经，我假装爱上一个帮我写作业的男生，今天偶遇，他那寒酸样让我觉得何其可笑。我只想说，我再也不需要写作业了！

看不见星星的夜空里，我看着屏幕上的文字和月亮的倒影重叠在一起，思绪万千。

哪有什么最初最美好的爱情，不过是赵子逸的一厢情愿罢了；哪有什么走不出的旧伤，不过是赵子逸的无尽臆想罢了。

7.
良辰美景不过一缕烟波

赵子逸恨我看见了林静却不告诉他，我在他眼里变成一个别有用心的毒女，他对我说到做到，他真的不再见我了。

第二天我就在寝室里被学生领导精心安排好的突击检查抓了个正着，我不是这所大学的学生，却住在这里那么长时间。

往日里我低调上课待人亲和，因此同学们对我这个显得有些突兀的存在都睁只眼闭只眼，我想应该不会有人故意举报我，唯一可能的人是赵子逸。

被勒令卷铺盖走人之前，我在领导办公室的垃圾桶里捡起那张皱巴巴的纸条，熟悉的字迹赤裸裸躺在纸上，不出所料，是赵子逸举报了我。

我爱他爱得满是委屈，到头来却被他举报。原来这个被所谓的"初恋"蒙蔽了双眼的人从来都不属于我。

后来过了很久，对我的遭遇仍心怀芥蒂的麦琪在电话里一提起赵子逸总掩盖不了一腔愤怒，她在社交平台上曾不止一次地吐槽："为什么要让她爱上一个不知所谓的'人渣'！"

我评论道："爱上'人渣'也许还能被伤个彻底，坏的是爱上一个心智不够成熟的人，连伤人的手段都用得漏洞百出。"语气里尽显无奈。

2013年7月，高考成绩陆续出炉，作为复读生的我不负众望考到了一本线。

一切变得那么顺利，我在第一志愿一栏填下了那所梦寐以求的大学，后来去了我魂萦梦牵的城市。

重拾梦想的一年我遇见了喜欢的男生，他有他放不下的人。

我们干过很多情侣都会干的事儿：吃饭购物看电影，亲吻拥抱抚摸。

他从不拒绝跟我在一起，也从不说爱我。

如果说每个人都得为在一起讨个说法的话，我仅仅是因为喜欢；而他，仅仅是寂寞了吧。

老一辈人说："感情是可以培养的。"但我恰恰忽略了一件事情，感情能不能够培养，也要看对方愿不愿意。

不管我多爱他，他始终不喜欢我。

那就算了吧。面对那座被我当成谋生学习的中转站的城市，我想短暂停留但留不下来，唯有离开。

阳春三月，我在波光粼粼的湖面上看见了一个熟悉的倒影。

我一眼便认出，那是赵子逸，他拿着单反，正不停地帮一个女孩拍照。

那个女孩很清纯，那个女孩很陌生。

我静静地看了他们很久，他们自始至终都笑容以对，最后女孩对他说"谢谢"，他取下单反戴在她的脖子上，看着她微笑离开。

现在的赵子逸是不是单身，我无从知晓，也不想知道。

在他转身的一刹那，我背过身，任由身旁阳光体贴的男生牵起我的手往前走，他在我的眼里寻不到一丝波光荡漾的痕迹。

我躺在寝室里玩手机的时候看见一条新更的微博,难得上网的赵子逸上传了张西湖的照片,附上一句话:

"我在苏州,好像看见了你?"

我的脸有点儿热乎,隔着屏幕,我摇了摇头。

那不是我。转身一走,余生你已不见我。